U0481065

四川大学革命英烈丛书
四川省2020—2021年度重点图书出版规划项目

正气横空
四川大学革命英烈诗文选

党跃武 ◎ 主编
韩　夏　邵　佳 ◎ 编选

四川大学出版社
SICHUAN UNIVERSITY PRESS

项目策划：王　军　段悟吾　刘　畅
责任编辑：刘　畅
责任校对：于　俊
封面设计：墨创文化
责任印制：王　炜

图书在版编目（CIP）数据

正气横空：四川大学革命英烈诗文选 / 党跃武主编. — 成都：四川大学出版社，2021.6
（四川大学革命英烈丛书）
ISBN 978-7-5690-4742-4

Ⅰ.①正… Ⅱ.①党… Ⅲ.①中国文学－现代文学－作品综合集 Ⅳ.① I216.1

中国版本图书馆 CIP 数据核字（2021）第 103558 号

书名　正气横空：四川大学革命英烈诗文选

主　　编	党跃武
出　　版	四川大学出版社
地　　址	成都市一环路南一段 24 号（610065）
发　　行	四川大学出版社
书　　号	ISBN 978-7-5690-4742-4
印前制作	四川胜翔数码印务设计有限公司
印　　刷	四川盛图彩色印刷有限公司
成品尺寸	170mm×240mm
印　　张	11.75
字　　数	175 千字
版　　次	2021 年 6 月第 1 版
印　　次	2021 年 6 月第 1 次印刷
定　　价	58.00 元

◆ 版权所有 ◆ 侵权必究

◆ 读者邮购本书，请与本社发行科联系。
　电话：(028)85408408/(028)85401670/(028)86408023　邮政编码：610065
◆ 本社图书如有印装质量问题，请寄回出版社调换。
◆ 网址：http://press.scu.edu.cn

四川大学出版社
微信公众号

总　序

习近平总书记指出："知史爱党，知史爱国。"为庆祝中国共产党成立100周年，在全党开展党史学习教育和在全社会开展党史、新中国史、改革开放史、社会主义发展史宣传教育之际，四川大学组织编写了"四川大学革命英烈丛书"，并由四川大学出版社正式出版。这是四川大学认真讲好川大故事红色篇章、积极创新红色文化教育载体的重要举措之一，也是四川大学献礼中国共产党成立100周年的重要成果之一。

在中国共产党的领导下，在青春如火的锦江之滨、明远楼前，在风云激荡的望江楼畔、华西坝上，无数四川大学的革命师生坚持"与人民同甘苦，与祖国同命运，与时代同呼吸，与社会同进步"，将永恒的红色基因融入了每一个川大学人的血脉和灵魂之中。其中，"红岩精神"的代表和"中华儿女革命的典型"江竹筠烈士等80多位校友为民族独立、国家解放和人民幸福献出了自己宝贵的生命，他们是四川大学历久弥新的川大精神的力行者和见证者，是四川大学生生不息的红色基因的创造者和传播者。

四川大学是四川保路运动和辛亥革命在四川的重要发生地，是新文化运动和五四运动在四川的主要策源地，是四川及至全国马克思主义早期传播的重要发源地，是抗日救亡和爱国民主运动在四川的坚强根据地。1920年冬，学校师生成立了四川最早以研究和宣传马克思主义为主要任务的革命群众组织——马克思读书会。1922年2月，学校师生主编的《人声》报是四川第一份公开宣传马克思主义的报纸。1922年春和1923年夏，学校师生组织成立的四川社会主义青年团和中国共产党成都独立小组是四川最早的共产主义党团组织。以学校师生为骨干的中华民族解放先锋队成都队和"成都民主青年协会"等是在中国共产党领导下四川抗日救亡和爱国民主运动的中坚力量。中共四川大学党总支是国民党统治区最大的基层党组织之一，经常活动的共产党员有120余名。在开国大典上，与毛泽东主席一起登上天安门城楼的有朱德、吴玉章、张澜和郭沫若等四位四川大学校友。

长期以来，四川大学坚持立德树人根本任务，服务人才培养首要任务，充分发挥学校特色优势，深入挖掘校园红色资源，大力弘扬以江姐精神为代表的革命先烈精神，用生动鲜活的红色文化滋养着一代又一代川大学子。近年来，特别是党的十八大以来，四川大学党委高度重视红色文化教育，将红色文化教育贯穿于学校发展各方面和人才培养全过程，重点建设了"江姐纪念馆暨四川大学革命英烈事迹陈列馆""学习书屋""江姐精神专题数据库"等一批红色文化宣传展示平台，率先推出了话剧《待放》、舞台剧《江姐在川大》、主题文艺晚会《江姐颂》等一批红色文化教育艺术作品，积极打造了"江姐班""竹筠论坛""川大英烈一堂课""青年红色筑梦之旅"等一批红色文化教育新品牌，产生了良好的教育成果、育人效果和社会效益。

习近平总书记指出，"中国革命历史是最好的营养剂"。站在历史的交汇点上，站在发展的交接点上，站在新时代的新起点上，在"四川大学革命英烈丛书"正式出版之际，全校师生员工要进一步厚植中华优秀传统文化，弘扬革命文化，发展社会主义先进文化，凸显四川大学人文社会科学的学科优势，积极打造"中国共产党在四川大学"等红色教育品牌，进一步深化红色文化教育的内涵，丰富红色文化教育的形式，增强红色文化教育的实效。

"四川大学革命英烈丛书"编写组
2021年6月

前　言

在 125 年的发展历程中，四川大学因图强而生，因融合而兴，因创新而立，扎根祖国大地，厚植巴蜀山川，成就了学校百廿的发展辉煌，积淀了深厚的文化底蕴，弘扬了优良的革命传统，培养了一批又一批国家栋梁。自诞生之日起，四川大学就是"西南最高文化之根芽""四川进步势力的大本营""西南一带传播革命种子的园地"，在血与火的洗礼、生与死的考验中涌现了一大批仁人志士。根据不完全统计，有 80 多位四川大学校友为国家富强、民族复兴和人民幸福献出了宝贵的生命。无数的革命师生坚持"与人民同甘苦，与祖国同命运，与时代同呼吸，与社会同进步"，唱响了一曲又一曲高亢激越的青春之歌，锻造了四川大学以"追求新知，引领社会""艰苦奋斗，献身社会""服务人民，改造社会"为主要特征的红色文化基因。

　　　　　尺书寸意初心在，
　　　　　翰墨幽怀志益坚。
　　　　　见德思齐铎声疾，
　　　　　深耕力学慰群贤。

文字是凝结文化内涵的重要载体，是传递文化价值的重要工具，兼具精神外化和文化指称的作用。革命英烈红色诗文既是承载红色文化的精彩文字，更是传承红色文化的经典文献。在风云激荡的望江楼畔、华西坝上，在波澜壮阔的革命年代，无数四川大学革命英烈投身党和人民的事业，挥毫疾书，把对党的忠诚、对人民的挚爱、对民族的厚望、对心中的信仰、对未来的向往、对亲人的思念付诸笔端，共同化为既充满远大的革命理想和顽强的奋斗精神，又饱含浓浓的亲情、爱情和崇高的情怀志趣的诗文。无论是诗词歌赋，还是战斗檄文，无论是学习笔记，还是家书飞鸿，革命英烈诗文已经成为四川大学传之万代的红色资源库和历久弥新的红色基因库的重要组成。

一个个动人心弦的故事，一幕幕感动再现眼前；一篇篇情深意切的诗文，一颗颗真心永放光芒！

王右木烈士的《本社宣言》等，让我们听到了坚定不移的"为全人类谋均等幸福"的铿锵呐喊，让我们看到了四川地区马克思主义播火者和共产主义党团组织最早创建者的匆匆身影。

刘伯坚烈士的《带镣行》和《移狱》等，让我们听到了无所畏惧的"生是为中国，死是为中国"的人生强音，让我们看到了"我党我军政治工作第一人"面对敌人的屠刀豪迈伟岸的不屈身躯。

江竹筠烈士的《我要到解放区去》和《托孤遗书》等，让我们感受到了"赶走现实的丑恶，暴虐和灾难"的凛凛正气，让我们听到了"踏着父母之足迹，以建设新中国为志"的谆谆叮咛，让我们看到了一位饱含对祖国的深情、对人民的真情、对家庭的亲情的"中华儿女革命的典型"。

顾民元烈士的《我的自传》和《新土》等，让我们听到了"莫为江流悲永逝，天光常照浪之花"的不甘寂寞、不愿沉沦的坦荡告白，让我们看到了"新土的主人来把新土守护"的有血有肉、才华横溢的顽强战士。

帅昌时烈士的《一片残了的荷叶》和《雕笼中的小鸟》等，让我们听到了"我要悲鸣到声嘶力竭，我要奋斗到最后一瞬"的永不止息的阵阵怒吼，让我们看到了即使身陷囹圄依然豪情凌云的"我只有贡献我所有的努力"的血性儿男。

张建华烈士的《进军号》和《自题》等，让我们听到了"进军号，洪亮的叫，战斗在朝鲜多荣耀"的保家卫国的战斗号角，让我们看到了一个在战斗间隙的片刻宁静中"用蓝墨水写红旗的飞舞"的文艺青年。

....

> 云浮天缈拾萤人，
> 虎气龙文强国论。
> 须使初心如赤子，
> 成于济众始修身。

2021年5月16日，中共中央总书记、国家主席、中央军委主席习近平在《求是》杂志发表了题为《用好红色资源，传承好红色基因，把红色江山世世代代传下去》的重要文章。他明确指出："革命传统教育要从娃娃抓起，既注重知识灌输，又加强情感培育，使红色基因渗进血液、浸入心扉，引导广大青少年树立正确的世界观、人生观、价值观。"

诵读四川大学革命英烈诗文，我们就如同与四川大学革命英烈这样的"高尚的人们"进行一场又一场心灵的对话、一次又一次思想的激荡，在穿越时空隧道中更加深刻地理解他们矢志不移的初心和使命，在学习红色经典中更加真实地感受他们不断奋进的品格和力量，在感受灵魂震颤中更加完整地领悟他们点亮世界的平凡和伟大，让四川大学革命英烈诗文等红色文化资源成为广大师生员工，尤其是广大青年学子的传家宝。

诵读四川大学革命英烈诗文，我们就要运用好四川大学革命英烈给我们留下的一大笔无比珍贵的精神财富，努力讲好中国故事的红色篇章和川大篇章，进一步广泛收集和深入挖掘红色文化资源，进一步开展丰富多彩的红色文化教育活动，全面而具体地发挥红色文化资源培根铸魂、明心观志的不可或缺的重要作用，真正让四川大学的红色文化资源"活"起来、

"动"起来，真正让四川大学的红色文化教育活动"亮"起来、"壮"起来。

诵读四川大学革命英烈诗文，我们就要弄清楚中国共产党为什么"能"、马克思主义为什么"行"、中国特色社会主义为什么"好"等基本道理，"坚定不移听党话、跟党走"，把四川大学革命英烈作为永远学习的好榜样，学习他们奋志立身的价值追求，学习他们舍我其谁的责任担当，学习他们忧国忘家的高尚情怀，坚持"立大志、明大德、成大才、担大任"，努力成为堪当民族复兴重任的时代新人，始终与党和人民的事业同心同向、同步同行，不断汇聚新时代的长征路上源源不竭的强大力量，为实现中华民族伟大复兴的中国梦，为全面推进四川大学"两个伟大"奋勇前进。

目 录

张培爵   001
   训女书   002

龙鸣剑   008
   葬发   009
   过白帝城吊刘先主   009
   题《四川》杂志（二首）   010
   绝命诗   010

董修武   011
   无题   012

魏云泉   013
   遗言（片段）   013

张涤痴   014
   张涤痴等控告县议会长董竞存状词   015

王右木　　　　　　　　　　　　　　　　　　018
　　本社宣言　　　　　　　　　　　　　　　　019

王干青　　　　　　　　　　　　　　　　　　020
　　即事四绝　　　　　　　　　　　　　　　　021
　　在延安呈毛主席七律一首　　　　　　　　　022

郑佑之　　　　　　　　　　　　　　　　　　023
　　送妻就学有感　　　　　　　　　　　　　　024
　　悼妻子李坤俞　　　　　　　　　　　　　　024
　　《夜光新闻》发刊词　　　　　　　　　　　024
　　给李坤泰的信　　　　　　　　　　　　　　025
　　儿歌　　　　　　　　　　　　　　　　　　029
　　新年对联　　　　　　　　　　　　　　　　030

杨闇公　　　　　　　　　　　　　　　　　　031
　　日记六则　　　　　　　　　　　　　　　　032

杨伯恺　　　　　　　　　　　　　　　　　　035
　　挽李公朴、闻一多联　　　　　　　　　　　036
　　给女儿杨宁的信　　　　　　　　　　　　　037

恽代英　　　　　　　　　　　　　　　　　　038
　　文艺与革命（通信）　　　　　　　　　　　039
　　诗两首　　　　　　　　　　　　　　　　　040
　　《学生周报》发刊词　　　　　　　　　　　040
　　狱中诗　　　　　　　　　　　　　　　　　041
　　日记三则　　　　　　　　　　　　　　　　041

刘伯坚　　044

　遗兄嫂书　　045

　与妻叔振书　　046

　带镣行　　046

　移狱　　047

　狱中月夜　　047

帅昌时　　048

　一片残了的荷叶　　049

　雕笼中的小鸟　　051

袁诗荛　　054

　国立成都高等师范学校通电全国文　　055

　新三字经　　055

　盐亭国民师范学校校歌　　058

曾莱　　059

　农民四季苦　　060

钱芳祥　　063

　翻身在明天　　064

王道文　　065

　新《陋室铭》　　066

廖恩波　　067

　赠同学会学友　　068

　遗言　　068

杨达 069
　家信（片段） 070
　民团之敌 070

何秉彝 073
　哭黄仁烈士 074
　家书三封 075
　帝国主义蹂躏上海大学的追记 079

缪嘉文 082
　转呈清乡督署为会员温怀德申辩冤抑文 082

余泽鸿 084
　欢迎第七届全国学生代表大会代表诸君 085
　研究社会科学的方法 087

余宏文 089
　自卫歌 089
　十二月悲歌 090
　歌谣 091
　狱中家书 092
　清泓（节选） 092

陆更夫 096
　家书 097
　纪念五四（片段） 097

苟永芳　　099
　　在狱中写给父亲的信　　099
　　在狱中写给妻子的信　　100
　　在狱中给儿子的遗嘱　　100

杨国杰　　101
　　绝命书　　101

王向忠　　103
　　赠友三首　　103

郭祝霖　　105
　　赠难友　　105
　　歌谣　　106
　　庄稼佬　　107

李司克　　108
　　Vector
　　——给我念念不忘的测苇　　109
　　儿歌　　110

顾民元　　111
　　自传　　112
　　新土　　115
　　烟　　117
　　我们的歌　　119

苏文 　　　　　　　　　　　　　　　　121
山居即事
步龚君原韵　　　　　　　　　　　　122
初春述怀
步廖君原韵　　　　　　　　　　　　122
寄友　　　　　　　　　　　　　　　123
满江红　　　　　　　　　　　　　　123
如梦令　　　　　　　　　　　　　　124

艾文宣 　　　　　　　　　　　　　　　125
悼龙光章同志　　　　　　　　　　　　126
答傅伯雍《入狱偶成》　　　　　　　　126
贺狱中难友三十寿辰　　　　　　　　　127

乐以琴 　　　　　　　　　　　　　　　128
我的自传　　　　　　　　　　　　　　129

李惠明 　　　　　　　　　　　　　　　136
中国民族资本的发展（节选）　　　　　137

徐达人 　　　　　　　　　　　　　　　139
附识（节选）　　　　　　　　　　　　140

江竹筠 　　　　　　　　　　　　　　　141
到解放区去　　　　　　　　　　　　　142
家书三封　　　　　　　　　　　　　　144

毛英才　　　　　　　　　　　　　　148
　学习《中国妇女》心得　　　　　149
　历代古镜之研究（节选）　　　　149

缪竞韩　　　　　　　　　　　　　　150
　家书两封　　　　　　　　　　　151

林学逋　　　　　　　　　　　　　　153
　爱国诗　　　　　　　　　　　　154

张建华　　　　　　　　　　　　　　155
　进军号　　　　　　　　　　　　155
　自题　　　　　　　　　　　　　156
　诗五首　　　　　　　　　　　　157

附　录

杨锐　　　　　　　　　　　　　　　159
　闻倭灭流求　　　　　　　　　　160
　闻越南战事　　　　　　　　　　160
　诗两首　　　　　　　　　　　　161
　粤中怀古　　　　　　　　　　　161

刘光第　　　　　　　　　　　　　　162
　上鲍爵帅春霆时方大修第　　　　163
　梦中　　　　　　　　　　　　　163
　远心　　　　　　　　　　　　　163
　城南行　　　　　　　　　　　　164
　美酒行　　　　　　　　　　　　165
　万寿山　　　　　　　　　　　　166

彭家珍 167
    遗同志赵铁桥黄以镛书 168
    绝命书 168

编后记 170

张培爵

张培爵（1876—1915），字列五，四川隆昌人。近代民主革命家。1904年春考入当时的四川省城高等学堂优级师范，同年冬创办叙府公立中学堂，即今成都市列五中学。1906年加入同盟会。1907年11月，他与熊克武、谢持、黄复生等联络新军和会党，密谋在成都起义。事泄，杨维、黄方等6人被捕。1910年，任重庆府中学堂学监，发展同盟会会员，发动武装起义。1911年11月22日，通电宣布重庆独立，任蜀军政府都督。1912年初与四川大汉军政府合并，成立中华民国四川军政府，任副都督。1913年，被袁世凯调北京任总统府顾问官。1915年1月7日，被袁世凯的军政执法队逮捕。4月17日，在北京被杀害。

训 女 书

一①

　　阅汝禀，叙事措词似较前又进矣。汝以年长读书为忧，古人有二十七岁始发愤，卒成名家者。汝年尚远，果自今偕三姑请益贡师，读一书必求解其书中之理，读一文必明辨其为文之法，如是久久，古人之理与法皆为我有。下笔时自有左右逢源之乐矣。唯善读书者，又于文字外，当精读古人之嘉言懿行，揣摩而实践之。若书还书，我还我，虽读破万卷书，直与未读书者等。且不若未读书者之天真烂漫，得为孝女、佳妇、贤母，流声史乘也。此等处，汝当知之。妹弟年幼，及今不懈，良堪深造。汝殷勤诱导之。汝除夕之思，可谓尽情尽理，文亦能达且了然。于家人离合，皆有利益，雅自可爱。洛弟正月来禀，亦拳拳于此。知别怀大略相同也。今春客宴增多，劳所必然。只不知有无简客处也？咸有先生来家小住二日，家事必详告之矣。若不趣其赴省，此月已可抵津。彼前借款，既以他故未允。如彼仍欲借，可允之。以彼之于我勤劳最多。在京时，尤能逐事樽节，且不肯私用一文，实不易得之良友也。家中方决定不移，我又来书说移，亦殊可笑。且待咸有先生同乾叔来津后，果我之机器确能收效，然后再归接出亦未为晚。贡师既不弃汝等而来教，汝与三姑及弟妹当勤学而善事之。若果移家时，亦不妨请其来津。以贡师既读万卷书，未尝不想行万里路也。

　　洛弟禀存者甚少，昨来一禀，字太潦草，且有诗二首，阅之颇足发笑。今寄归一览。其诗可呈贡师，为之涂改寄去，并将所改者抄以告我。汝母即望洛弟耶？彼于中校毕业后，亦可令其一归。现既身安学进，可无

---

① 周勇. 纪念辛亥革命100周年 张培爵集[M]. 重庆：重庆出版社，2011：88-89.

为念。今岁汝母诚然四旬矣。汝母自三十以来，经营家事不惮劳瘁，故我得无累以行吾志。今志犹未大行，汝母已四旬，则我亦浸浸乎将及此年矣。长来觉日月益促，思之竦然。如家未移，可如汝意略开寿筵，以为十年之纪念。汝叔又病目，可为留心调药。叔父早愈，吾心早安。曾记祖母在日，谓我为其兄，当特为爱护。故望汝事叔父犹事我也。汝母、汝叔母均安，汝等亦无病，我甚慰。三公家人及亨昌诸伯叔均无恙，我更释怀矣。喻三爷近常至家语否？其子少病否？他日来禀可言之。

咸有先生来津时，除前数外，多备三百元来。我身甚壮。迩来读书之暇，即试练机器，较前更有兴会。盖办得一业，举家为之，于以读书教子。不误己，不误民，有余并可出济所识之穷乏者，真乐事也。汝弟媳本年未来家偕读耶？何未言及？洛弟现插班学算术、代数、几何。画、算、代、何能并进？已告其缓学，然亦见其求学之急也。三姑前次来书，我曾覆之。乾叔称未得，何也？以后仍望以书来。汉秋弟及两妹有无长进？来禀时均宜言之。近日自川送我腊肉者，竟有三处，我皆收之。古人云"所欲无为人见"，岂我之欲腊肉已为人见耶？与汝等一言之。此告

湘女

三月二十六日手谕

二①

乾叔偕李先生来，得知一切详状，甚慰。不数日，得汝姊妹与焯姑书，阅之大快。焯姑别有书答，汝蕙妹笔路亦清，汝禀称敬奉叔父一段，果若此，吾无忧矣。特言之匪艰，行之为艰，汝其勉之。寄来各影片，详视数遍，三叔祖须发虽白，精神甚好，其眉长颇能主寿，私心幸熹，不可言说。汝母似比往年强，汝与焯姑及弟媳亦发达。只摄影时，过于矜持耳。芸女与三公同摄，其影亦毕露孩气，尚觉无萎靡之像，而坐次则误居

---

① 周勇. 纪念辛亥革命100周年 张培爵集 [M]. 重庆：重庆出版社，2011：98—99.

前方，岂不可笑？二叔影颇瘦，其面近于嗜鸦片者，且精神不振，设有此嗜好，当劝其力除，唯体弱须力服补剂。其精神不活泼，若有不快于心者，汝当不时问之，或禀商汝母，与作一丸药，料理其常服。汝二叔母及汉秋兄妹，惜无影来，殊歉然也。昨汝汉云弟来禀，亦以是为歉。近日想已归家，此后当引其认真读书，学习礼仪，教之须以勿诳言下手。并告汝叔母，无常引其外去。汝三兴舅，如何溺水而死？死于何所？何均不知？其为人亦由于不读书明理，以至于此，良可浩叹。但汝母亦不必过忧，将来得知下落，再为营葬可也。

至汝求学之法，首在敦德行，其次博学，其次作文。观古之贤媛，其德行敦笃之由来，皆不外"敬恕"二字。而贤媛不多见于史乘者，以"敬恕"二字非有学问，实难做到恰好处。如事亲、相夫、教子，非敬不可。而敬之中，又寓有和悦、柔顺、慈祥诸字，相因为用。否则，事亲必至色难，相夫不克无违，教子亦不能宽严得中，使之既整于威，复化于德也。恕字不善用，亦有病，盖人有过可恕，己有过则万不可恕。而"己所不欲，勿施于人"一语，尤为恕字真谛。此字能行得恰好，不独可以齐家，治国亦不难。只是后人往往反用，抑或近于姑息，均由读书太少，认字不真所至。故汝当注意德行，而必博学以辅之。博学则古今过去之圣贤言行，皆为我所评判于心，反身应事，自有去取。由是乃涉猎作文之法。此法无它，即多读、多看、多作是也。读者，理其旧书；看者，扩其新智；作者，熟其笔阵也。凡读古人之文，须先大声以应其调，再低声以味其神，久久其文之声调、神韵，必来绕我笔端。此境汝与焯姑照法办去，必有亲尝之一日也。功课表太密，几于无休息时间，此后于每门毕后，须休息十余分。惜家中无花木场所与风琴，汝辈当自思养息之方，免积久生病也。现寄回赵字一本，汝辈均当临摹，临则以纸，玩其运笔、间架而仿写之；摹则以极薄油纸，蒙帖本上而写之，如写蒙格然。果用心临摹，一二月必大见效。女子之字，以秀劲为上，是亦当留神者也。子清叔病殁，乾叔又未在家，三叔祖近又因马跌足，汝辈当与汝母、叔母等善侍奉而安慰之。并劝焯姑亦当以古人处逆境之道善慰亲心。乾叔下月中旬归,更能详告一切。家中唯当略备移家之事以待耳。津门甚热,川中如何?场上诸至好等近皆无恙否?此告

兰蕙女

七月廿八日手谕

三①

来禀阅悉。中国以祖先教为重。故家供木主,朝夕奉祀。汝与母、与叔父母,不忍弃而远游,自是孝思。又况先人墓田所在,举家远出,何人祭扫?我亦忧之。前请移家者,虑居蜀不安,如安又当详审,无速速为矣。汝瑞弟既时寄书归,甚慰。观其上我之禀,如谈家人状况,与恋恋未能偕亲度岁,又减少食品节费等语,乃弟似渐解人意。但未知其能历久不渝如吾之望否?汝云乃弟不负我厚望,果尔,则父母有佳儿,汝不亦得贤弟邪?何喜如之!且拭目以观其后。汝母及叔父母较昔康强,闻之愉快。又复较前和睦,真堪大喜。夫如是,我无内顾之忧,得专心储蓄知识,为异日报效国民之用矣!汝弟妇沅、妹蕙既笔路清顺,汝当殷勤督其勉学。汝三妹也,还讲解明白,真是可爱可笑。汉秋男儿,自较女子心野,既识得数十字,亦殊足爱。汝姊妹能循循善诱,当更有长进。凡教小孩,必投其所好,又必惹起他的兴味。因而教之,乃易上路。瑞书既远学,家中只此一弟,汝与母、与叔父母,当好为教管,勿听其一人外出。又不可溺爱,应责责之,不应责勿妄责,令其不知所从。更不可教其诳语,礼云"童子常视无诳。"近日教子弟者,多不明此。故常设诳语以哄之,或教其诳人、骂人以取乐。或使其戏打父母、长辈以为欢。此皆大不可。虽曰:"童子何知?"久则成为第二天性。故古来圣贤豪杰,其家教皆异于流俗。吾家男丁,现只有二。当善教使成佳器,以为门庭之光。果子侄皆贤,吾

---

① 周勇. 纪念辛亥革命100周年 张培爵集 [M]. 重庆:重庆出版社,2011:117—119.

之乐当有倍于今日也。想汝姊妹与母、与叔父母，亦望有此景像也。汝以年日长进，学无所成为虑。而有母不聘师，则欲留学日本之请，我未尝不喜。只是我能东渡，汝始可行。况留学至少亦须三年或四年乃能毕业。汝弟既远行，汝妹皆小，我近又未在家，举家事完全累汝母经营。汝心安乎？且汝亦不必定当游学乃能有成。现时注重国学者颇少，汝与三娘及妹等专心研究中国书史、舆地，再加以数学，更留心作文、写字，来年与我偕居，补讲理化及家政各科，得便添请一女校日本女士教授音乐技术，汝等之学亦为用不穷矣。今之出国者，不过多得日语一门，汝欲学日语，我亦可教汝。不过除添看日本书及与日人酬对外，皆无甚大用。汝为学之日尚长，吾谓汝有福，汝今年仍当请益贡师，将旧日所读过者细心研究，必篇篇了解，字字明白，然后有益。观汝此次来禀，文理自清，叙事亦洁，但不若三娘之气盛。又写字颇多错误，如兰从草头，汝从竹。"衽席"则误为"任席"，怅何如也之"怅"误作"帐"。钟蕙之"蕙"误作"惠"。是皆宜特别留意者。盖文佳而字谬，人将笑其录旧，且是一病，不可不知。三娘之信，通篇未误为一字，其心之细可见矣。汝当勉之，勿自馁。请母仍聘贡师教导，若实有不可不移家之势，再与贡师商办可也。孟子曰"盈科而后进"，谓水之流也，必盈其科，然后乃能进行于他处。吾望汝现唯注重国学，国学精纯，任何门皆可入。吾寄三娘书所称两个女士，如宣文君，晋时人，专精儒学，教男弟子百二十人，故隔纱受业，晋帝赐以侍婢十人；宋若昭，唐时人，长于经史。唐帝召入禁中问经史，称为女学士。此两女士，皆能注重国学，声称没世。汝能步其后尘，亦足欢娱老眼矣！汝当知之。

北边阳历年节亦不热闹；阴历，则爆竹之声不绝于耳。我宅之厨司，亦特别为我添菜，而护兵萧亦将友人送来之腊肉蒸出。且于三十夜多备美酒，并打扫各室，汗流不止。问以故，则曰："初一日不扫地，各物若不整洁；初一早晨见之不喜彩。"我笑而怜之，亦命其偕饮，使之有度岁之乐。至初一，北方则镇日不食饭，惟早餐用肉丝绞子；晚餐则大面包，或甜或咸，谓之馒头。而来要赏钱者、贺新年者，亦络绎不绝。习俗移人，良难骤改。再阅二三年，或少变也。

家中被盗，此后当严为防闲。三公家被劫，闻之诧吓。居乱世，真不可不特别检点也。培德二叔将行商，甚好。我愿其打起精神，多获利金。家中既添钟玛、钟煦两弟兄，想能照料完善。女婢既渐知事，可善待，善教之。我平安无恙，无念。汝能侍奉母亲及叔父母，又偕同三娘及妹等勤愤读书，我心甚喜。固不必常奉茶汤，乃为尽子道也。至望我就职回川，应辞应就，我自有斟酌，汝不必以是为言。汝此次来禀，查家中系正月五号写的，安富场邮政正月八号发行。此间廿七夜收到，即旧历正月初二。心中大喜，计日不过二十，亦甚便当。阅各书既喜，遂大饮而卧。今日乃分别作书以复，计此书到家，我前致之书，家中想接到，故不再言。此告兰女知之

一月二十八日父谕

龙鸣剑

龙鸣剑（1878－1911），字顾山，又作顾三、骨珊，号雪眉，四川荣县人，同盟会会员。1905年考入四川通省师范学堂优级科。1911年四川保路运动的组织者之一，领导荣县独立。同年9月，积劳成疾，行军途中在宜宾乡下离世。

葬　发[1]

　　我昔过津门，断发志何勇。三山一脚踏，红日两手捧。飘泊天东南，悲愤如潮涌。长歌归去来，空山营发冢。发兮发兮尔何伤，铅刀一割毋乃狂；发兮发兮尔何怨，未沉大海随烟雾。历尽风涛不汝遗，崎岖归路长相随。故园埋汝汝应知，祝汝且吟重生诗。愿汝化为铁长剑，光芒出空穴；愿汝化为血喷天，如洒隆冬雪。涤荡乾坤斩妖孽，冲冠奇气无生灭！转眼到北丘相见，黄泉黄，何须怨离别。一拔千钧都渺茫，荷锄兀立重搔首，山妻笑我夫何有。短发期如宿草生，一抔土酹一杯酒。林间飒飒来阴风，转慨中原，大事与汝同纷纠。

过白帝城吊刘先主[2]

　　痛叹桓灵泪未干，天教王业竟偏安。
　　臣如伊吕君何憾，生为关张死不难。
　　老木扶疏萧寺晚，灵旗惨淡暮江寒。
　　不材似抱桐宫恨，呜咽涛声泻石滩。

---

[1] 薛新力，蒲健夫. 巴蜀近代诗词选 [M]. 重庆：重庆出版社，2003：43.
[2] 程地宇，赵贵林. 夔州诗全集：民国卷下 [M]. 重庆：重庆出版社，2009：679.

题《四川》杂志（二首）[①]

一

于今形势转苍黄，弱肉无如食者强。
西域版图供馁虎，东邻舆榇走降王。
只凭沃野雄天府，那识巴黎化战场！
为问故园诸父老，梦酣应已熟黄粱！

二

自哀犹待后人哀，愁对乡关话劫灰。
鹃血无声啼日落，梅花有信报春回。
潇潇风雨思君子，莽莽乾坤起霸才。
尚有汉家陵庙在，蜀山休被五丁开。

绝命诗[②]

槛边极目望三荣，黑黯愁云四野生。
不识同群还在否，可怜我哭不成声。

[①] 广东省文史研究馆，广东省政协文史资料研究委员会. 辛亥革命诗歌选集 [M]. 广州：广东人民出版社，1983：132—133.

[②] 薛新力，蒲健夫. 巴蜀近代诗词选 [M]. 重庆：重庆出版社，2003：44.

董修武

董修武（1879—1915），字特生，四川巴中人。1902年入成都东文学堂。1905年留学日本期间加入同盟会，被选任评议部评议员。1911年回四川主持同盟会四川支部工作，任教于当时的四川通省法政学堂，辛亥革命后任四川军政府总政处总理兼财政部部长。1915年，被四川巡按使陈宧以滥发军用币之罪名逮捕并杀害。

无　题[①]

忍见神州遭破坏，愿祝吾身化杜鹃。
遍告同胞夜啼血，不信东风换不回。

---

① 李怡，肖伟胜. 中国现代文学的巴蜀视野[M]. 成都：巴蜀书社，2006：49.

魏云泉

魏云泉（1883-1915），又名魏荣权，四川资中人。1905年10月留学日本，1911年归国后在当时的四川通省法政学堂等学校任教授。1912年出任四川都督府和民政署高等顾问，赴南京参加各省代表会议。1914年11月23日在北京被捕入狱。次年4月17日，被袁世凯以"血光团团员"罪名，与张培爵、邹杰等同时被杀害于北京。

遗言（片段）[①]

吾得捐躯报国，千古殊荣，惟冀吾妻慎节哀痛，善为抚育儿女，读书革命，以竟吾未竟之志，则吾死而有知，自怡然无憾矣。

[①] 吴忠扬. 资中文史资料选辑：第12辑 [Z]. 1989：44.

张涤痴

张涤痴（1885－1930），原名张渺，字涤痴，四川威远人，广东农民运动讲习所第六期学员。1910年考入当时的四川公立政法专门学堂（四川大学法学院前身）。1921年10月结识恽代英，并开始接受马克思主义思想。1925年经恽代英介绍加入中国共产党。1927年任中共威远县委第一任县委书记。1930年7月在为农民暴动筹集经费的活动中被捕，同年10月被国民党枪杀于荣县。

张涤痴等控告县议会长董竞存状词[①]

为凭籍议长、挟官虐民、握款不算、盘踞学署，请饬交算、驱逐并停止其党羽操纵为虐之机关法团行使职权事：

情威议参两会自民国二年通令解散停止开会以来，迄今历十四年余，所有议参两会常年收入每年一万数千金，以十四年余计算，为数之巨，不小二十余万，纯由董竞存一人籍县议长名义，权握在手，从未榜示开支，亦未一次提出清算。近奉明令，议参两会收入款项，交由县党部接收。该董竞存知绽难免，复多方唆使其党羽，举己为南京临时党部登记委员，意欲一直将此项收入长久权握在手，利用机关名称更变，欺悞县人，而竞存之仍为首领，则依然无恙也。款项之交替，亦不过董竞存之交竞存尔。

查该竞存久握不算，推其用意，不过使县人无从窥破其内幕，得以长保其恶势力于不坠，故涤痴等当此交替之际，谨请钧署饬令该竞存即将议参两会十四年余所有完全账目，交人民团体清算，非此不足以主张公道，而其党羽机关法团随在可为之弥缝也。并令榜示通衢，以重公款而俾周知。

又该竞存，自充当议长以来，在正式开会期间内，把持县务，固不待言，而明令停止行使职权以后，尤复啸聚党羽，尽量盘踞县署机关法团，故县谚有云：所有县署机关法团之一切行动，不过为董竞存一、二人之操纵耳。其玩官弄民之伎俩：当新任知事莅县，即率其羽翼群起交蔽。在忠厚者鲜不畏其议长之声势，中其计套；即严明者，悉彼有一手造成，得以操纵如意之机关法团为之后盾，又加以全县人民知识太薄弱，畏彼之势焰太凶狠，亦不愿过与为难；是以该竞存得籍此议长之名器，率其党羽挟持

---

① 中共威远县委党史工作委员会. 中共威远县地方党史资料汇编（1920年－1949年）：第1辑 [Z]. 1987：116－119.

县知事；县知事既坠其术中，彼又籍官势以鱼肉人民，所以该竞存历十余年之久，繁殖其党羽，蹂躏全县之人民，县人不敢一触其怒，一撄其锋者也。逮今议参两会奉党部明令停止行使议会职权，将一切款项收入移交县党部接管，该竞存遂遑遑焉，惧其久所把持操纵之权势不克终保，大肆其党羽之活动，又复举己为南京临时党部改组后登记委员，以为籍此即可长保其固有之旧势力于不替。无奈县人受其劣绅土豪式之党羽蹂躏不堪，鱼肉无已时，逼其不得不出于有所反抗，烛奸应敌之智识，因环境之要求，不期然而有所增进。是以最近该竞存领得华洋赈款一千元，秘密焉，为恐县人之获知，而竟被县人侦知，揭破其吞蚀之行为，呈控上峰。其党羽郭壬青领衔力为之朦辨，尤恐奸欺既著，难于掩饰，复肆其惯技，指使其一手造成得已操纵如意之机关法团，为之粉饰欺蒙不已。不知吞蚀情形愈粉饰愈昭著，不意因此更惹起县人清理该竞存在县盘踞把持为恶十余年之劣迹。正揭出指控间，窃议长为县人代表，当为县人谋福利，轻负担，解纠纷，是其天职。上年白驹来县，剥削人民，该竞存率其党羽组成之机关法团，多多为筹之款，不念人民之痛苦，图谋军阀之欢心，博咨议之头衔。又复混乱是非，颠倒黑白，与其党徒任意唆使杀人，如张觉痴之冤杀等，不惟不主张公理，嗣后经觉痴之母、妻、兄，呈准上宪昭雪，该竞存立率其党羽组成之机关法团，联名至四、五十人，再再请求调和，赔偿命价，追悼冤魂，其兄志在昭雪未偕，既又率其党羽组成之机关法团领复领衔为其党羽郭壬青函请注销。既又欲博驻军首领之欢心，又税，不惜增县人痛苦。类此之事，在他县之身居议长者，无蠹贼也。又机关领袖之交替，每于中梗阻，首鼠两端，前后判若两人。如当宋锦章任教育局长时，阴谋以党羽周以仁夺其职，即领衔力言以仁之好，锦章之坏。嗣经上峰斥责，又言锦章能办事。及后，朱懋昭与张铸新之交哄也，始焉率其党羽组成之机关法团，电告上峰是朱而非张。不数日间，倏焉又率其党羽组成之机关法团，电告上峰是张而非朱，旋遭上峰斥责，遂又拥朱而倒张，转瞬之间三易面目。又最近中校校长张履桥，奉命接任毕克成之职，始也唆其党羽组成之机关法团，拥克成以抗履桥，既也上峰加以驳斥，又复嗾其党羽组成之机关法团，极求融洽，欲拉入己党。当一机关之创立及机关人员之改组，无一不以党羽吸收其权。故县人之福利之不有，负担之加重，纠纷之益盛，以是县人鲜不含恨于该竞存以及其党羽组成之机关法团，所以县人有呈请停止其操纵为虐之机关法团行使其职权之举也。又县中所有旧学署，县人公有物也，该竞存率其妻孥子女，盘踞历十余年之久，恬不以为怪，亦若县人无敢加以过问也者，意以为挟议长之声势，可以盘踞此学署也。查议会一切章程，确无指定公署为议长住居妻孥子女之规定。以为该竞存身充议长，出自寒微，为民服务，无力佃屋居住妻孥，以此学署籍其栖止，应得县人之庇荫也。查该竞存堂堂富绅也，岂无钱佃屋居住者比？以为该竞存曾出钱佃住也，其佃金究交何人之手收？而急待公有房舍作办公确定地点，如是县党部、农民协会等之用，并追索盘踞十余年之应纳租金，作扩张修葺之费。以上三者，俱属该竞存籍议长名器，繁殖党羽，挟官虐民之卓著大端。对于议参两会收入握款不算，应请饬令交由人民团体清算，以重公款。彼所操纵之机关法团，应请饬令停使职权，廓清改选，免嗾使为恶。盘踞妻孥之旧学署，应请立予驱逐，收归公用。并请饬令该竞存开会结束前，布告县人，期在何日，地点何处，以便人民团体及农工商学兵群众，临时参加监视，免滋交替流弊。

　　此陈

威远县知事公署鉴

民国十七年九月十六日

王右木

　　王右木（1887—1924），原名王丕昌，曾用名王燧、王燧人、王祐谟、王佑木，四川江油人。四川马克思主义传播和无产阶级革命运动的先驱者，四川共产主义党团组织的主要创始人。曾就读于当时的四川通省师范学堂和国立成都高等师范学校，留学日本归国后任教于当时的国立成都高等师范学校和四川公立农业专门学校。1921年，组织成立四川第一个学习马克思主义的团体马克思读书会。1922年，创办了四川第一个以宣传马克思主义、促进社会革命为宗旨的报纸《人声》报。1923年秋，创建中共成都独立小组并任书记。1924年，赴广州参加共产党的重要会议，在返川途中不幸遇害。

本社^① 宣言^②

这张小报纸的前身，便是去年五月中死去了的那个《新四川旬刊》。《新四川》之死，自有多方面的原因，这里也不必说了；我们但希望这张小报纸可以为那个死去的情人——《新四川》——作永恒的全权代表：先向读者诸君为半年来的阔别道一道歉，然后再和诸君继续讨论《新四川》与诸君所预约下的一切问题。诸君以为何如？

但这半年来，我们的最终目的——为全人类谋均等幸福！——虽未丝毫改易，却我们实际上所取的途径，已略有不同。故当他——这张小报——再出来和诸君见面的第一次，不能不把此后的一切途径简单的自述了出来：

一、直接以马克思的基本要义，解释社会上一切问题。

二、对现实社会的一切罪恶现象，尽力的布露和批评，以促进一般平民的阶级觉悟。

三、对现实的政治组织，不为妥协的改善方法。

四、注重此地的劳动状况，给彼辈以知识上的帮助。

五、注重世界各地之劳动界的进取状况，以为此地劳动组织之建设和修改的物质标准。

六、注重世界各地的社会运动状况和已有的成绩，以资我辈的讨论，或加入第三国际团体，作一致的行动。

七、讨论马克思社会主义之学术的及实际的一切问题。

八、讨论新社会之一切建设问题。

上列八条，就是本社对读者诸君所表示的最诚恳、最鲜明的态度；至于本社为什要取这样的态度，就是为了我们的最终目的：为全人类谋均等幸福！

---

① 指《人声》报。

② 中共四川省委党史研究室. 四川革命烈士诗文选析［M］. 成都：四川人民出版社，2016：1—2.

王干青

王干青（1890－1949），又名王世祯，号王翼，化名潜夫，四川绵竹人。1909年，考入当时的四川通省师范学堂预科，两年后升正科国文部。早年追随孙中山信仰三民主义，1927年加入中国共产党。1949年12月，被国民党反动派杀害于成都十二桥。

即事四绝[①]

一

大兵大狱国人尽,狐猶狐埋正谊亡。
九原我理推祸始,三民谁演第三章。

二

入主出奴邈是非,十年寒乞尽轻肥。
紫金山畔魂归处,料得啾啾鬼夜啼。

三

拼将碧血染山河,革命功勤斩伐多。
杀尽同胞同志在,燕云一割试横磨。

四

自杀真成满地红,更看白日起辽东。
青天荡荡呼无路,相对人人说困穷。

[①] 中共四川省委党史研究室. 四川革命烈士诗文选析[M]. 成都:四川人民出版社,2016:404-405.

在延安呈毛主席七律一首[①]

三秦北户古延安，上将英名说范韩。
自古贤豪不世出，如公英武信才难。
十年叱咤雷霆斗，一鼓和平亿兆欢。
沧海横流经此目，更看双手挽狂神。

---

① 中共四川省委党史研究室. 四川革命烈士诗文选析[M]. 成都：四川人民出版社，2016：405.

郑佑之

郑佑之（1891—1931），字自申，化名张裕如、张荣山、余善辉等，笔名尤痴，四川宜宾人。四川早期的马克思主义传播者、中共川南党组织的建立者及农民运动的开拓者，四川地区卓越的中国共产党领导人。1912年就读于当时的四川高等农业学校农业殖边科。1931年12月在重庆南通门外罗家湾英勇牺牲。

送妻就学有感①

惜线自把绣针拈，笑尔腰宽着不恬。
莫怪衣衫难合褶，温袍百结几人嫌。
自惜原称女丈夫，却来脂粉一同徒。
休嫌袖短难遮手，好系蛟龙不畏濡。

悼妻子李坤俞②

有生谁不死，死去究何如？
太息光阴速，居何岁已除。
当时情宛在，视我异前无？
致祭无他物，题诗当束刍。
更誊前旧稿，包面不令余。
岂为眷无子，亲封当赤符。
土中人觉否，不尽数行书。

《夜光新闻》发刊词③

黑夜昏沉，笼罩着山河大地；赤潮怒吼，惊醒了革命健儿。夔门闭锁的巴蜀，涌来了巨浪洪涛；险要崎岖的戎城，找不出平坦大道。夜深，人

---

① 《宜宾县志》编纂委员会. 宜宾县志：1986—2005 [M]. 北京：方志出版社，2013：589.
② 中共重庆市委党史工作委员会. 重庆党史人物：第1辑（1925—1927）[M]. 重庆：重庆出版社，1987：194.
③ 中共四川省委党史研究室. 四川革命烈士诗文选析 [M]. 成都：四川人民出版社，2016：84—86.

们静悄悄睡着不醒,可恼啊!真使我们革命青年烦闷、烦闷!天畔飞鸿长征不断,梦中人们赶快醒转。你看,黑夜沉沉的夜里,现出了锦绣河山;宇宙人间,变成了新的世界。可爱!可爱!灿烂的星辰,天空中不住的闪耀;皎白的云裳,东方上透出了光明。真美丽呀!真美丽呀!照得那黑夜通红,催促人们革命前进!有了你,能找寻乐园,有了你,能接受那洗礼。星辰啊!你是我们的良伴;月亮啊!你是我们的好友。你,为了我们消除黑暗,你,为了我们发出光明。我祝你诞生,精神不灭。我祝你诞生,浩气长存。

给李坤泰①的信

一②

幺妹③:

我这回是奉地委公事回来,再办普岗寺平民校与成立青年团支部。

你已经何珌辉介绍入团了——去年上期的事,所以你的文章,他们满盘登在报上。报馆被杨子惠停闭了,我这回去清你的文章未清齐。二姐已入团了。我这回带回的《决议案》及《团刊》,你可以下细看一看。你同二姐若能再邀一两同志入团,你们就可以成立支部了。你们找同志,可以专在妇女中间去找——第一是青年女子要紧,将来女同志多了的时候,可以特别替你们成立个妇女部。

成都女权运动大同盟也是我们的同志成立的,将来你们可以常常通信。请注意这次的国民会议,要解放妇女,就要在国民会议中提出议案,要求众人赞成,众人赞成了,男女才能平等,妇女才能自由。

---

① 李坤泰即著名烈士赵一曼。
② 四川省宜宾县志编纂委员会. 宜宾县志 [M]. 成都:巴蜀书社,1991:732-733.
③ 原文为"幺妹"的注音字母。

不过这些事并不是一天两天就能见效的，等到众人信服你了——受苦的人容易劝醒，享福的人便说不进油盐，你才认真向他们说，这些发财人、男子们、官僚们的横暴不法，使他们个个都恨这些压迫人的人、发财人、男子官僚们。那时我们乘机响应国民党——孙中山的党的国民革命，把这般害人的东西一齐除了，实行我们的社会革命，待社会革命成功，那时才是你们自由自在的日子，才有男女平等的法律来保护你们的自由……此时你就读书不读书，都是要忍气吃亏的，你能催促社会革命早日成功，你们便能早日享福。

现今的世道，除了革命，莫得第二条路走了。你反抗你哥哥，便是家庭革命；你终身不出阁，也算伦理革命。但这些革命都是小革命，不彻底的革命，如果社会大革命成功，这些小革命也就跟着成功了。所以我望你听何先生的话，与革命党人联合起来，催促社会革命早日成功。何先生的回信交来了，查收为要。

学益

六月十一
佑之

二①

幺妹：

我看见你激烈的性情，过人的聪慧和近来感受压迫的痛苦，我已决定你是一个改造社会的得力人了。所以我极想帮助你，引你到革命的路上去，今天接着你的来信，我愈觉我的料想不错。老幺的智识不高，因为他还是童子，但是他想帮助你的心很切，你慢慢的指导他，他将来必可极力帮助你成个革命党人。你哥哥呢，他本来的天份很高，事事都懂得起，不

---

① 宜宾地委党史工作委员会，四川省妇联宜宾地区办事处. 抗日英雄赵一曼 [M]. 成都：四川大学出版社，1989：68—71.

过他的脑筋，被银钱闹昏了，所以他这样做，你也不必过于怪他，因为他有了妇人，又得了几个儿女，所以他不得不这样做。依得说来，他这宗行为，完全是自私自利，公理上到也说不过去，不过他既被银钱所迷，实不能轻易摆脱，你比他觉悟得早，正该要怜他、助他，使他觉悟，也才是改造社会者的态度——以后不必向他争闹了。

吃不吃牛肉，与守旧是无关系的，你与妈寸嘴，我也不能责备你，我也不必问你的原因，但是你要防着外人谈你的坏话。所以我劝你在家里的时候，事事要平和一点才好！我说这话，并不是怕这一般顽固老朽（我是什么都不怕的了）。你是才出来的人，学识既少，胆气必弱，恐怕将来人人反对你，把你这一点上进的志气销灭了（遭人诽谤是免不脱的）。

就拿你写给我的信来说，本来写信一事，是很平常的，稍微有点智识的人，都不至于说。但是这般反对的人，必定大大说你不然，将来或许还要乱说你一些，这一层我不得不预先警告你我的为人，你哥哥他们是晓得的。近来大家都说我是共产党（其实我是青年团不是共产党）了，这也不要紧，他既说我是共产党，我就自认是共产党。但是，共产党是正大光明的，是不怕人的。讲到亲戚上的感情，我是极愿帮助他们的；讲到实行上的主张，我是不将就哪个的。他们若是要看我的信，你尽可以拿给他们看。他说我要邀这一般青年男女入共产党，我硬是邀这一般青年男女入共产党；他说我要打灭私有财产，我硬是要打灭私有财产。随便甚么古先圣贤的话，都压我不下了。他们的思想，根本上与我们不相容，这一层你也要晓得。

今带来《中国共产党宣言》一份，《女子参政之研究》一份，《精神讲话》一本（这三种书可以随便看），《两个工人谈话》一本（这是鼓吹无政府主义的，你要留心，并不是完全都对），《民治报》二张，你可查收。

你说你小时"父亲的教育不严"，这话错了，凡是父母教育儿女，必定要晓得儿女的"个性"，因势利导，引他到正路上去，才是对的，并不是说教育儿女一定要严，口口说教育儿女要严的人，就是不懂教育的老腐败。你父亲虽说对待你们是很爱惜，但是，比我做起那凶神恶煞的估住你们，打骂你们，是高明万倍的了。自然，一味爱惜，会惯坏了你们；但是你父亲，并不是一味爱惜的，你若说你父亲不开通，未做得有好多好榜样给你们学，这是不错的，说他不严，那就大错了（错在一个严字）。你要晓得，我说"赎过"的话，并不是说来使你喜欢的。你具有这个激烈的性情，将来你若是当教习，你就要好好记着，教育的好歹，并不在严与不严。

你的信写得很好，你么弟读了这几年书，都赶不到，并且有些地方，连你哥哥都说不到这么透彻动人的（此二字将来或许招人揣议）。你好生操习，将来必可成为新文学家。叙府的老先生，也住不久了，你考学堂，各自做白话，不怕得，一定考得上（内面有几个女教习）。

你说："我受这些艰难，完全是旧社会……的过恶"，这话很对。你既认清楚了，就当要打破他，改造他，免得他又去害年幼的人。

你说你不怕水了，这是很可敬的。一个人要有这宗胆气，才能出门读书，你看往年康有为的女，从日本独自一人到欧洲，走几万里路去会他的父亲，那海洋波浪的凶恶，还说你感激我和萧简青和二姐，这话莫说了，我们都是应该帮助你的。讲到你父亲待我们的情分，我们尤其是应该帮助。你将来若是入了青年团，你还是一样的要去帮助人。"感激"二字，再也休提。

二姐是很有侠气的人，只要他不死，你的书必读得成器。将来我游学回来了，还可以设法帮助你上进。二姐的信，我随后就写，你不必愁，他必定要始终帮助你。话说多了，我要不说了。再警告你句：出门读书，有好有歹，危险是免不脱的，只要你随时留心，还是不怕得。来信（三张纸）和姐给你的信（一片纸）俱带回来了，删改处可以看。

"你的父亲"这四字，我写了几回了，不通的人见了，必定说我要不认亲戚，所以不喊"岳父"喊"你的父亲"。但是这般固然不通的话，够不上我去回答他。

我要附告外来看信的人：假如你们看见这封信，这封信先落在你手中，你们只管看，但是看了，要交给收信的幺妹一看，切不可弄来藏了，烧了，把你自家的人格失吊。

《共产党宣言》，是人人都看得的，但是未见得人人都看得懂，若是看不懂，歇几天又看，将来终究会懂的。

危险在门前来了，老朽的人，你们有甚么法子能避？早点放开眼界，尚可减免些无谓的淘气。若不把旧思想扫除干净，必看不进我这封信。我也不愿固执不通的人来看。看呵！被压迫的人，将要联合起来，实行革命了，危险已在门前！

十月初七日
佑之

儿　歌[①]

乡村老小的农民，身上穿着烂巾巾。
心想起，实可怜！一年累得不得了。
积的钱，享不到，尽遭强盗抢去了。
洋人就是大强盗，军阀就是第二号。
贪官污吏帮到整，还有劣绅和土豪。
这些东西不打倒，我们农民怎开交。

[①] 彤心. 中华英烈诗萃 [M]. 延吉：东北朝鲜民族教育出版社，1991：216.

新年对联[①]

一

愿为孙总统发扬民气；
莫学段执政剥夺民权。

二

阳历过年，阴历过年，过一年即是两年，似这般箭样光阴，百岁也都容易混；

穷人说紧，富人说紧，说受紧大家都紧，有那个铲平财富，大齐来度自由天。

---

① 中共宜宾地委党史工委. 宜宾地区党史人物传：第2卷[Z]. 1985：36.

杨闇公

杨闇公（1892－1927），原四川潼南（现属重庆）人，中国共产党四川地方组织创始人和大革命时期中共四川党组织的优秀领导者，曾任教于当时的公立四川外国语专门学校，并以当时的国立成都高等师范学校等校为基地从事革命工作，1926年任中共重庆地方执行委员会书记，1927年在重庆"三三一"惨案中壮烈牺牲。

日记六则[1][2]

1924年1月2日　星期三　晴　38.4°[3]

我觉得十二年来的政局，固属愈趋愈下，而一般青年及受戟刺而觉悟的人，实在是很不少。这种源流不断，虽国破家亡，终有复兴的一天。所以，我们最重要的责任，是在预备与军阀作决斗的人才和工具，不在希冀他们大人先生们垂怜我们。因希冀是自杀政策，决不能解决我们的苦痛；非自动与……奋斗，不能实现人生的真义。目前一般不堪入目的表现，更足以使人坚牢意志，哪里说得上悲喜啊！大梦难醒的朋友们，曷不把兴奋剂吃点哟！

伯承确是不可多得的人才，于军人中尤其罕见。返川许久，阅人不可谓不多，天才何故如此罕出。

1924年4月16日　星期三　午前风雨，午后微雨　50.8°

读《罗兰传》，精神意志为之一振。他主张大勇主义，实国人目前的要药。他极力排斥乐天主义和厌世主义，他说，乐天主义者，力避痛苦的经验，住于空想的世界中，卑下已极；厌世主义者，无故否定人生，以求避免苦痛和生活之恐怖，皆不能正对人生之卑怯之徒也。故他说：世之中唯有一勇气而已。能达观人世之现状而爱之，不怖不恐，由正面以立于人生之途，十分经验随人生而来之苦痛、罪恶，知之而且爱之。其勇气盖驾尼采而上之矣。

---

[1] 中国人民政治协商会议重庆市潼南县委员会文史资料委员会. 潼南文史资料：纪念杨闇公诞辰一百周年牺牲七十周年专辑 [Z]. 1997：2—9.
[2] 杨尚昆故里管理处. 杨闇公文选 [M]. 重庆：杨尚昆故里管理处，2009：29—135.
[3] 华氏温度，下同。

1924年4月17日　星期四　云　60.4°

晨起外专上课，九时许始归。与子、尔借行外出，尔赴他处，我与子于赴纯兄家，他正罗列珠玉，雇人制成饰品，奢侈的气态不时流露出来，真是可笑！

日来心内觉有一种不可言状的新物在鼓动，令我时悲时喜，很想把他用方法表现出来，但苦于无术。学力不到呢？抑所胚胎的新物尚未具体成形，无从捕捉呢？如昙花泡影，转瞬即逝，无从捉捕呢？为我后盾的，只有学问和奋斗的精神继续做去，必有表现的一天。精神的痛苦，无法驱除。左右的环境，又如潮的压迫而来，处此域中，惟有奋斗。此身不死，必见光明。

1924年8月7日　星期四　晴　91.1°

城市的人们，大都狭小而多诈。乡间的人们，纯朴真诚和人类的天性互助完全是存在的。昨日在东阳口下碇的时候，见着那般乡民，他那亲切和友爱的样子，着实令人心感得很。但社会上最苦的，也没有他们那样的可怜，不觉又令人鼓舞起为人流血的雄心来了。

今昨两日，心内时感不安，故一切事都没有做，终日都倚栏眺望山色，借解心愁。十一时许入巫峡，两面的怪石高峰，惊心夺目。一时许出峡口，入夔门，山势就不似峡内那样奇怪了。设于峡口加以工事的设施，虽百万的精辛，也难飞渡。本夜下碇于盘沱，登岸散步，居民就不是东阳口那样好了，可叹！

此轮行得太慢了，恐非五日不能到达渝埠，心焦甚。加以室内太热，夜间使人不宁甚。故精神也因之不好。

1924年10月23日　星期四　晴　74.6°

凡是一个作首领的人，对于自身的人格和修养，必要有能够使人人格化的精神才行。要达到这个目的，非躬行实践，以身作则不能够做到。故吾人今后当集全力于此。因我认定这种事业，是我终身的，不是偶然冲动的。所以对于一切的行动，皆要有最高的目的。到渝迄今，进行的工作固不少，但对于学业，则全付阙如。今后当分工而进，一样也不偏废。不然将来学不足以济其才的时候，那就后悔迟了呵！注意！努力！怕什么呢！

精神不安定，由于思想集于一点去了——太偏重了，故病也因之而生。长此以往，真会叩死神之门的，我的使命，将何以完成呢？

1924年11月1日　星期六　晴　74.6°

有思想的人们，决不会盲从的；有强力的意志的，必具有特殊的反抗性；除俯首于真理外，决不会屈服于任何势力之下的。能具有这种资质，才能说得上从事革命来。因革命途上跬步之外，皆是敌国，稍不加思考，就会堕入敌人的陷坑中的；意志力薄弱了，就会屈服在一种强力之下的。青年的人们呀！思考力要强，就非多读书不可；意志力要强，就非认识明晰不能够。责任大嘞！不是过说能尽责的，要做才能达到的。每天最少都要读两个钟头的书，才能完成使命的呵！

M. Y. 来访，心不愿甚！起伏不定的思潮，把人弄得太不宁了。

杨伯恺

杨伯恺（1894—1949），又名杨询，字道融，四川营山人。早年赴法勤工俭学。1923年加入中国共产党。1925年在重庆参与创办中法大学，任中共重庆地委教育委员会委员。1927年任中共上海沪东文化支部书记。抗战爆发后回川，从事统战工作。1929年任当时的国立成都大学政治系社会学教授，《华西日报》主笔。1944年参加中国民主民盟，任民盟中央委员兼四川省支部宣传部部长。1949年12月在成都就义。

挽李公朴、闻一多联[1][2]

一

不自由的生，生何异死？
求民主而死，死亦如生。

二

靠暗杀支持独裁，足见独裁快到末日；
拼生命争取民主，保证民主就要实现。

三

满天阴霾，民主难求，拚两个大好头颅，保存一丝正气；
遍地烽烟，和平无望，留半眶辛酸热泪，更哭四亿苍生。

---

[1] 与民盟马哲民、罗忠信、曾庶凡、张志和、范卜斋共挽。
[2] 金雷. 陈离将军［M］. 北京：团结出版社，2012：160.

给女儿杨宁的信[①]

亲爱的女儿：

  你的牙好了不曾？你的信写得不错，足见你读书有长进，我很高兴。你要立定志向，努力求学问，将来一定赶上你姐姐。以后读书办法已经详细告诉你妈妈，你好好努力。

元月廿七日
你的爸爸

[①] 曾洁，刘可欣. 川博晒《西游记》导演杨洁父亲生前书信，信中劝勉小女"将来一定赶上姐姐"[EB/OL]. (2019-06-19) [2021-04-02]. https://www.163.com/dy/article/EI1H7V7905372F6O.html.

恽代英

恽代英（1895−1931），江苏武进人，出生于湖北武昌。无产阶级革命家，中国共产党早期青年运动领导人之一，黄埔军校第四期政治教官。1919年加入少年中国学会。1921年加入中国共产党。1923年在当时的国立成都高等师范学校任教，1926年任上海大学教授，同年8月被选为中国社会主义青年团中央执委会候补委员、宣传部主任，创办和主编《中国青年》。1931年被杀害于江苏南京。

文艺与革命（通信）[①]

秋心：

你的意思是很值得尊重的，倘若中国今天，真有你所述的石达开、唐才常、谭嗣同的诗文，有知识的人都不能不称颂拜服，我敢说那是没有用么？我还记得在我做学生的时候，我亦曾抄录古今悲壮雄伟的诗歌若干首，以自己锻炼精神，可惜现在已散失了。

你能收集这种材料，我十二分的盼望你的成功。至于期望这一般青年做革命诗歌呢，我却不作这种忘（妄）想。我虽不知道文学是什么，亦相信文学是"人类高尚圣洁的感情的产物"。既如此说来，自然是要先有革命的感情，才会有革命文学的。现在的青年，有几个真可称为有革命的感情？普通的人，脑筋里只装满了金钱、虚荣与恋爱，他们偶然写几个"奋斗""革命"的字样，亦不过是鹦鹉学舌，中间并不包含任何意思，他们亦配做得出革命的文学么？倘若他们做出那些完全不是高尚圣洁感情所产生的所谓革命的文学，那亦配称为文学么？我相信最要紧是先要一般青年能够做脚踏实地的革命家，在这些革命家中，有些感情丰富的青年，自然能写出革命的文学。"诗人是生的，不是做的"，那便是说，诗人是由于他的情感自然成功的，不是没有那种感情矫揉造作所产生出来的。现在的青年，许多正经问题不研究，许多正经事不做，自己顺着他那种浅薄而卑污的感情，做那些象有神经病，或者甚至于肉麻的哼哼调，自命为是文学，自命为是文学家，这却不怪我们藐视而抹煞了。倘若你希望做一个革命文学家，你第一件事是要投身于革命事业，培养你的革命的感情。

代英

[①] 开封师范学院中文系中国现代文学教研室. 中国现代文学史参考资料：上册 [Z]. 1961：69—70.

诗 两 首[①]

一

闻道人间事，由来似弈棋。

本是同浮载，何用逐雄雌？

鬼妒千金子，人窥五色旗。

四方瞻瞅瞅，犹复苦争持。

二

每作伤心语，狂书字尽斜。

杜鹃空有泪，鸿雁已无家。

浩劫悲猿鹤，荒村绝稻麻。

转旋男儿事，吾党岂瓠瓜？

《学生周报》发刊词[②]

嗟我中国，强邻伺侧。

外交紧急，河山变色。

壮哉民国，风起云蒸。

京津首倡，武汉继兴。

唯我学界，风潮澎湃。

对外一致，始终不懈。

[①] 湖北省民政厅. 湖北革命烈士诗抄 [M]. 武汉：湖北人民出版社，1990：110-111.

[②] 湖北省民政厅. 湖北革命烈士诗抄 [M]. 武汉：湖北人民出版社，1990：111-112.

望我学生，积极进行；

提倡国货，众志成城。

力争青岛，事出至诚；

口诛笔伐，救国之声。

愿我同胞，声胆俱张；

五月七日，勿忘勿忘。

狱中诗[①]

浪迹江湖忆旧游，故人生死各千秋。

已摈忧患寻常事，留得豪情作楚囚。

日记三则

1917年1月2日[②]

近日思得"人生目的"问题，可列纲目如下：一、人生本由偶然非有目的。二、人生无目的故无价值。三、人生无价值而不死者以人畏死或不欲死，故此外无其他高尚理由。四、人畏死而求生，则必须牺牲小幸福以求大幸福，即为自利而利社会，利国家，利天下。凡正义观念均由此起。五、人无为国家天下反其心愿以牺牲生命之理，以人为生而牺牲，若并生命而牺牲之，是失其本矣。六、自杀不为罪，以人生本无价值，凡不愿自杀而又不知牺牲小幸福以求大幸福者，其愚较自杀尤甚。

---

① 冯亦同. 南京历代经典诗词 [M]. 南京：南京出版社，2016：191.
② 钟碧惠，魏天祥. 恽代英论青年修养 [M]. 郑州：河南人民出版社，1985：20.

1917年5月9日①

瞻叔问修养思想之方。余拟作一文刊之《光华》，以代答之。大旨如下：

一、读书重思想，不重文辞。

二、对于贤哲之言取怀疑态度，凡有所疑，须彻底考究之。

三、自是者勿遽是之，自非者勿遽非之。自己对于自己之思想，常设法探试其是否。

四、凡于矛盾之处或不明白处，必潜心研究（此头脑不清之人之弊）。

五、广读古今异书，潜察其理之是否。

六、勿使思想堕入荒诞无实（此中国思想家之弊）。

七、古今人所立奇特而自以为恰当者，录存之。

八、自己发明新意，虽片言必录存之，又时自批评之。

1919年5月14日②

人不但应原谅人，且应宽宥人。因世无完人，此人人所知。岂但人人有不可免之过失，亦且有不知改或未能改的品性上之缺点。譬如我好晏起，好自炫，好杂乱无章，皆明为罪恶，并非过失。我自问非不向上之人，非欺世盗名之人，惟此改过未能之成绩，既无可自讳，亦无可求谅于人。惟有望宽宏大度的朋友，宽赦我，包容我，让我带此等缺点，仍可为人类未来效犬马之劳而已。我固如此，他人亦何独不然。

人之有罪，乃无可异事。即有罪而自己不知觉察，亦无可异事。即觉察而不知悔改，亦无可异事。世上本无完人，成汤与人不求备，周公无求备于一人，皆是此意。今人于自身过恶而未能注意，但见他人无心之失，

---

① 立言. 新编名人精品书系：第2卷[M]. 北京：中国文联出版社，1999：221—222.
② 钟碧惠，魏天祥. 恽代英论青年修养[M]. 郑州：河南人民出版社，1985：146—147.

即摭拾以快口舌。若发现他人缺点，则更鄙夷，若不可与共天地。何其责人重以周，而自待之宽纵耶？

　　在此不圆满之世界中，人人当有一种觉悟，以互相原宥宽恕。庶几能为诚心的互助生活，以求共进于较善。今世人乃反其道而行，处处不肯原谅，更无望其宽宥。如此互相诛求，互相激荡，更何望其有同心协力，以谋互助生活之一日。吾于此义甚欲贡献我同学朋友，然自问"宽宥"朋友的精神，自己亦究竟缺乏，不可不每日自儆惕也。

刘伯坚

刘伯坚（1895－1935），原名刘永福，后改名刘永锢，号刘铁侠、刘铸，中学时更名刘伯坚、刘毅伯，曾用名大冶、毅伯等，四川平昌人，优秀的红军指挥员和政治工作者。1918年考入当时的国立成都高等师范学校英语部。1920年赴欧洲勤工俭学，1921年与周恩来等发起组织旅欧中国少年共产党，1922年转为中国共产党党员，入莫斯科东方大学学习。1926年在冯玉祥部任国民军第二集团军总政治部副部长，后被派往苏联学习军事并出席中共六大。历任中央苏区工农红军学校政治部主任、红五军团政治部主任、中革军委总政治部宣传部副部长。中央红军长征后，在苏区坚持斗争。1935年3月不幸负伤被捕，21日壮烈牺牲。

遗兄嫂书①

凤笙大嫂并转五六诸兄嫂：

弟于三月四日在江西信丰县唐村被粤军俘虏，押解大庾粤军第一军部，三月二十二日要在大庾牺牲了。

弟在唐村被俘时，就决定一死以殉主义，并为中国民族解放流血，曾有遗嘱及绝命词寄给你们，不知收到没有？

弟为中国革命牺牲毫无遗恨，不久的将来，中国民族必能得到解放，弟的热血不是空流了的。

虎、豹、熊三幼儿将来的教养，全赖诸兄嫂。豹儿在江西，今年阳历二月间寄养到江西瑞金武阳围的船户赖宏达（四五十岁）老板，他的船经常往来于瑞金、会昌、雩都、赣州之间，他的老板娘叫郭贱姑，媳妇名叫梁照娣，儿子三十岁左右，名叫赖连章（记不清楚了）。另有吉安人罗高，二十四五岁随行，是个裁缝。罗高很忠实很爱豹儿，他无论如何都同豹儿一起。你们在今年内可派人去找，伙食费只能维持四五个月。熊儿生后一月即寄养福建连城属之新泉区芷溪乡黄荫胡家中，黄业中药铺，其弟已为革命牺牲，弟媳名菊满，抚养熊儿，称熊儿为子，爱如己出，因他无子。

熊豹两儿均请设法收回教养。

诸幼儿在十八岁前可受学校教育，十八岁后即入工厂做工为工人。他们结婚更不要早，迟至三十岁左右再结婚亦不迟，以免早婚多儿女累，不能成就事业。

最重要的，诸儿要继续我的志向，为中国民族的解放努力流血，继续我未完成的光荣事业。

这封信须要给叔振同志一阅，她可能已到沪了。

---

① 李秀忠，李树房. 名人遗书 [M]. 济南：山东友谊出版社，1998：320-321.

此致

最后的亲爱的敬礼

弟　伯坚

三月二十日于大庾

我已要求粤军枪毙我后葬在大庾梅关附近。

与妻叔振书①

叔振同志：

我的绝命书及遗嘱你必能见着，我直寄陕西凤笙大嫂及五六诸兄嫂。

你不要伤心，望你无论如何要为中国革命努力，不要脱离革命战线，并要用尽一切的力量教养虎、豹、熊三幼儿成人，继续我的光荣的事业。

我葬在大庾梅关附近。

十二时快到了，就要上杀场，不能再写了，致以最后的革命的敬礼。

刘伯坚

三月二十日于大庾

带镣行②

带镣长街行，蹒跚复蹒跚，
市人争瞩目，我心无愧怍。

带镣长街行，镣声何铿锵，
市人皆惊讶，我心自安祥。

---

① 李秀忠，李树房. 名人遗书 [M]. 济南：山东友谊出版社，1998：320-321.
② 萧三. 革命烈士诗抄（精装本）[M]. 北京：中国青年出版社，2015：98-99.

带镣长街行,志气愈轩昂,
拼作阶下囚,工农齐解放。

移 狱①

大庾狱中将两日,移来绥署候审室,
室长八尺宽四尺,一榻填满剩门隙;
五副脚镣响银铛,匍匐膝行上下床,
狱门咫尺隔万里,守者持枪长相望。
狱中寂静日如年,囚伴等吃饭两餐,
都说欲睡睡不得,白日睡多夜难眠;
檐角瓦雀鸣啁啾,镇日啼跃不肯休,
瓦雀生意何盎然,我为中国作楚囚。
夜来五人共小被,脚镣颠倒声清脆,
饥鼠跳梁声喷喷,门灯如豆生阴翳;
夜雨阵阵过瓦檐,风送计可到梅关,
南国春事不须问,万里芳信无由传。

狱 中 月 夜②

空负梅关团圆月,囚门深锁窥不得。
夜半皎皎上东墙,反影铁窗皆虚白。

---

① 萧三. 革命烈士诗抄(精装本)[M]. 北京:中国青年出版社,2015:99-100.
② 萧三. 革命烈士诗抄(精装本)[M]. 北京:中国青年出版社,2015:100.

帅昌时

帅昌时（1895－1930），又名帅慧先，字晦仙，化名帅伯岑、李神仙，四川青神人。1919 年考入当时的公立四川法政专门学校政治经济科。1921 年担任青神乙种农业学校和眉山中学教员。1923 年春在青神县城小南门开办私立精进学校。1927 年 2 月在成都经刘愿庵等人介绍加入中国共产党。1927 年冬中共青神县党支部扩建为特别支部，帅昌时任特支书记。1928 年 12 月调任中共四川省委任秘书长。1931 年春在重庆巴县监狱被迫害致死。

一片残了的荷叶[①]

小僮送来了一包馒头,
馒头外裹着残荷一片,
我品味着残荷的清香,
引起心头的忧思无限!
你原来池中的产品,
特具有"纯洁"的性根,
出污泥而不染,
你和花是君子的化身!
你当着熏风时节,
你张张浮在水面。
是鱼儿的小伞,
是花儿的良伴!
常覆着鸳鸯露宿;
常抱着好花长眠。
那临风舞姿的蹁跹;
那当月芳魂的招展。
你值得游人的流连!
你值得诗人美赞!
我相信你有生命。
我相信你有灵魂;
更相信你的一切,

[①] 中共四川省委党史研究室. 四川革命烈士诗文选析 [M]. 成都:四川人民出版社, 2016:93-95.

都是美满的象征!
可是呀! 如今——
你为何也踏进了监门?
你是被人们的蹂躏?
你是表囚徒的同情?
这儿如黑暗的地狱,
无池中皓月的光明;
这儿如污秽的厕所,
无池中花气的清芬。
满目疮痍的惨景,
充耳是病者的呻吟!
日间呀!
未睹过青白的天日!
夜来呀!
有无数鬼脸的狰狞!
你也来尝尝这铁窗的风味,
你也才了解现代的人生!
你的精神呀——
如何我一般的萎顿!
你的容颜呀——
如何似我一样的瘦损!
你只残余一缕清香,
也给了我无上的安慰——
温存!
我深深地谢你多情,
你和我是同病相怜的知心!
你横顺约六寸几分,

我把你当着一幅手巾。
将我这滴滴的血泪，
染成那斑斑的泪痕。
这是我心头的创伤，
要借你代为表征，
我将你折成数叠，
权寄与呀——
那青江的伊人！

一九三零年八月五日于渝禁室

雕笼中的小鸟①

天色不过是刚刚破晓，
屋角的黑影还未全消。
是什么不怕早的东西
提起嗓子在耳边狂叫。
我探头在窗口瞧瞧
啊，原来是一只笼鸟。
她扑剌剌地狂钻乱跳，
她似乎想脱笼而逃。
她住的是美丽的雕笼，
她吃的是甘香的食品。
她不怕暴雨狂风，
她不怕敌人欺凌。

---

① 中共四川省委党史研究室. 四川革命烈士诗文选析 [M]. 成都：四川人民出版社，2016：95—97.

她应该安已守分；
她应该感谢主恩！
唧啾凄咽，
她宛转不住地悲鸣。
鸣声中呀，
充满着许多不平。
时而幽悠的好象哀吟，
时而扬励的好象怒嗔。
是泣诉命运的不幸？
是诅咒生活的矛盾？
是揭穿人类的隐私？
是提出正义的抗争？
啊，自由是她的第二生命，
不自由毋宁不生。
凄咽唧啾，
雀儿呀！且罢休！
莫要啼破了歌喉；
歌喉纵啼破，
知音何处求？
雀儿呀！且罢休！
莫要啼破了歌喉；
歌喉纵啼破，
知音何处求？
雀儿呀！且罢休！
悲鸣复悲鸣，
我要悲鸣到声嘶力竭，
我要奋斗到最后一瞬，

我不哀求谁人可怜!
我不妄想意外侥幸!
我只有贡献我所有的努力,
在宇宙呀!
留些儿啼痕!

一九三零年八月五日于渝州狱中

袁诗荛

袁诗荛（1897-1928），字守琼，又名袁首群、袁诗尧，四川盐亭人。1917年就读于当时的成都高等师范学校。1919年5月被推选为"四川学界外交后援会"（后改名"四川全省学生联合会"）副理事长。1921年应张澜聘请到南充中学任教。1925年加入中国共产党。1927年秋返校执教并任中共川西特委委员。1928年2月16日在"二一六"惨案中牺牲。

国立成都高等师范学校通电全国文①②

青岛卖,中国亡;

章曹死,天下生。

请及时力争国权,释放学生,

慰留辞职各校长,杀国贼以谢天下。

新三字经③

说农民,叹农民,

说起来,真心疼。

天下事,不公平,

穷与富,两分明。

早早起,去耕耘,

晚摸黑,回家门。

勤劳作,历苦辛,

吃一年,无粮存。

菜稀粥,薯麦羹,

每顿饭,见人影。

茅草房,漏星星,

烂被盖,不御冷。

---

① 1919年5月22日以国立成都高等师范学校全体学生的名义。

② 党跃武,陈光复. 川大英烈:川大记忆(校史文献选辑:第4辑)[M]. 成都:四川大学出版社,2011:77.

③ 中共四川省委党史研究室. 四川革命烈士诗文选析[M]. 成都:四川人民出版社,2016:24—25.

破棉袄，烂襟襟，
刷把裤，难遮身。
寒冬夜，睡不成，
穷家户，煨火困。
常悲叹，怎生存？
手不闲，劲满身。
没奈何，缺地耕。
财主家，福不轻，
吃不完，穿不尽，
坐家里，享现成，
高租佃，压穷人。
官征粮，象催命。
官吏恶，保甲狠，
苛捐税，摊贫民，
血汗钱，盘算尽。
劣豪绅，更横行，
高利贷，本利滚，
剥削债，难还清，
腊月底，逼出门，
年三十，不安宁。
穷苦人，泪满襟。
军阀们，豺狼心，
见男汉，抓壮丁，
莫奈何，断手筋。
逃兵役，留残身。
妇女们，更底层，
男读书，女不行。

女儿经，虐煞人。
旧礼教，太不平，
想平等，意难成。
那世道，太残忍，
封建制，虎狼政。
讲迷信，信鬼神，
胡乱编，诓骗人，
说贫富，是天命，
祸与福，前世定。
旧社会，是非混，
到而今，要革新。
要讨除，害人精。
志士们，齐发奋。
寻真理，争平等。
我民众，快觉醒。
打土豪，除劣绅。
铲军阀，灭祸根。
均田产，民共耕。
救穷人，出火坑。
驱黑暗，勇献身。
为人类，布光明。

盐亭国民师范学校校歌[①]

堂聚群英,探讨中外和古今。
学成致用,愿追中山与列宁。
世界不平须革命,努力投此身。
改造先盐亭,行看吾校放光明。

---

① 中共四川省委党史研究室. 四川革命烈士诗文选析[M]. 成都:四川人民出版社,2016:25—26.

曾莱

曾莱（1899－1931），原名曾永宗，化名蓝瑞卿，四川荣县人。1918年考入荣县中学。1923年就读于当时的国立成都高等师范学校，在学校党组织领导下建立进步组织——导社。曾参加北伐战争和广州起义。1928年4月加入中国共产党。在荣县、内江等地被称为"农王""曾圣人"。历任自贡特委农运委员、内江县委书记、梁山中心县委书记等职。1931年秋被杀害于重庆虎城。

农民四季苦[1]

春

春来百花开满林,
米口袋撇紧,
无心去玩春。
工农同志要谋生,
军阀要打倒,
土豪要肃清。
同志们,下决心,
努力前进,
革命大功,
即将全告成。

夏

夏日田中谷子黄,
拌桶乒乓响,
可望吃粞粞[2]。
背时军阀真堪伤,
捐款多花样,

---

[1] 中共四川省委党史研究室. 四川革命烈士诗文选析[M]. 成都：四川人民出版社,2016：80—82.
[2] 四川方言,意为"吃饭"。

催兵如虎狼。
挑黄谷，
折苛捐，
五拖六抢，
看着看着，
抢得精光。

秋

秋来桂花满园香，
军阀又打仗，
人民遭大殃。
丘八爷，下四乡，
挑抬拉汉子，
陪睡拖女娘。
倘若不依从，
要扳要犟，
钢枪一响，
命见无常。

冬

冬日天寒雪花飘，
年关已将到，
心里慌又焦。
儿啼饥，女号寒，
衣服当完了，
红苕没一条，
债主家中逼，

如何是好?
起来革命,
才有下场!

钱芳祥

钱芳祥（1900-1928），字冀阶，原四川巴县（现属重庆）人。1924年考入当时的国立成都大学文科预科，后升入国立成都大学文学院中文系。1925年加入中国共产党，任中共成都大学特支书记、进步组织"社会科学研究社"的执行委员会主席兼组织部部长。1928年于"二一六"惨案中不幸牺牲。

翻身在明天①②

烂军阀，打内战，抽杂税，逼苛捐，
百姓喊皇天。
说劣币，榨血汗，缺柴米，少油盐。
老少常饿饭。
穷人们，团结起，讲理性，跟它干，
罢工罢市闹个翻。
不是命生成，闹斗争，干革命，翻身在明天。

---

① 与王道文合作。
② 中华人民共和国民政部. 中华著名烈士：第5卷［M］. 北京：中央文献出版社，2001：421.

王道文

王道文（1901—1928），又名王郁周，四川渠县人。1924年考入当时的国立成都大学预科。1926年加入中国共产党。1927年升入国立成都大学文学院，积极参加进步社团社会科学研究社的活动。1928年2月16日不幸被国民党四川地方军阀逮捕，在被提审时奋起反抗，被秘密杀害于成都下莲池。

新《陋室铭》[1][2]

人不在多，有旗则行。社不在大，有钱则成。斯是运动，唯吾得腥。油痕嘴上滑，钞票手头清；谈笑无工农，往来尽豪绅。可以造密告、写黑名。无工作之累已，有官职之荣身。南昌总司令，西蜀向育仁。易某曰："何惧之有！"

---

[1] 与王向忠合作。
[2] 中共四川省委党史研究室. 四川革命烈士诗文选析[M]. 成都：四川人民出版社，2016：29.

廖恩波

廖恩波（1901－1935），原名廖时民、廖承永，又名廖昔昆、廖坤，字恩波，化名昔崑，四川内江人。1936年毕业于当时的公立四川大学工科学院机械科，曾任校学生会主席、省学联执行部主任。长期在成、渝、自流井从事革命活动，历任中共川西特委组织部部长、中共四川省委行动委员会组织部部长、"广汉兵变"前敌委员会书记、中共四川省委书记。后去江西中央苏区中央军委工作，与刘伯坚留在赣南军区坚持游击斗争。1935年3月与刘伯坚同时壮烈牺牲。

赠同学会学友[①]

愈难志愈坚，一心更一德；
相将向前趋，努力追事业。

遗　言[②]

我之加入中国共产党，系为彻底推翻帝国主义在华统治和废除封建剥削制度，故献身于中华民族解放运动。

[①] 中共四川省委党史研究室. 四川党史人物传：第 2 卷 [M]. 成都：四川人民出版社，2016：88.
[②] 中共四川省委党史研究室. 四川党史人物传：第 2 卷 [M]. 成都：四川人民出版社，2016：102.

杨达

杨达（1902−1927），原名杨先达，字闻非，四川彭县人。1919年就读于彭州中学，毕业后考入华西协合大学医科，后转入同济大学学习。1925年参加"五卅"反帝斗争。南昌起义时任朱德秘书并代理南昌市公安局局长，后被捕，牺牲于南昌。

家信（片段）①

现在的社会，是黑暗的社会，是互相残杀的社会，是污浊、臭不可闻的社会。上至总统，下至警察，哪一个不是吃人的禽兽！

天旱的年季，田里欠收，佃户向地主要求减少一点租子，地主不高兴大气盘旋地加以痛骂，硬要收够，如果佃户缴不起，还要二指大个帖儿把他送到知事衙门，大老爷派差人把他押起，高坐大堂上，大发雷霆之怒，将佃户打了板子，还要勒令交租。

近来上海工人因生活程度过高，要求日本资本家经营的工厂增加工资，厂方拒绝，还说他们借故要挟。工人不服，在露天开会，中国警察仰承日本人的鼻息，唯命是听，率队解散工人，并把他们的代表抓起来坐监。这不正说明，中国官吏，是维护外国资本家利益，来摧残中国的工人和农民吗？这难道不是吃人的野兽吗？

所以我说现在的社会是万恶的社会。国家法律也是不公平的，是压迫贫民的，是替有钱人说话的。如此不平，不均，不公道，社会上的一切罪恶，岂是一纸一笔写得完的吗！

社会如此黑暗，家庭如此恶劣，过去我不知道，如入鲍鱼之肆，久而不闻其臭，固然不说了。现在我知道了，就要去掉臭不可挡的东西。我的紧急任务，就是预备这种力量，换言之，我要改造家庭，改造社会。

民团之敌②

十余年来的四川，因为封闭于交通不便的地理关系上，对民主问题一

---

① 党跃武，陈光复. 川大英烈：川大记忆（校史文献选辑：第4辑）[M]. 成都：四川大学出版社，2011：191.

② 闻非. 民团之敌 [J]. 蜀评，1925（6）：10—13.

样也没有变化和发达，只兵和匪到发达来有个程度了。四川的兵有四十余万，几占全国兵额四分之一，因此演出许多战事制造无量土匪。几千万里的天府之区，弄得来无一片干净土。军阀的厚赐，不为不多，吾民再也不敢承受了。

土匪与军队同时并增，人民不堪其扰，不能不思有所自卫；于是四川的民团就一天一天的扩大起来了。

在满清的末年，民团是用来防守乡间的小盗。因为在那个时候除了小盗而外，人民也不知道有旁的什么为他们切身的祸患和痛苦。政变以来，所谓祸患与痛苦，加诸我们就一天较重一天，民团也就一天强似一天，所以我们可以说，现在的民团是歼灭兵匪唯一的利器。因为从前是设来防御小盗的，现在却变为人民的自卫的了！凡是有害于人民者，无论他是什么党什么派的，民团应当竭力剿灭，这是民团的天职。

我们把眼光放长点来看现在，谁是我们的仇敌？民团应当向谁攻击？土匪吗？不是。因为土匪是农人、工人、小贩的变形，他们从前还是民团的主人翁。现在这种行为，完全为经济环境所逼迫，并不是他们生来就有抢劫的天性。假使他们能够解决他们的衣食住的问题，我想他们一定不会有这种行为，并且还是恶恨这种行为。正如有钱人恶恨他们一样。管子说的："仓廪实而知礼节，衣食足而知荣辱。"这话实在不错。他们这种行为，其原因虽多，但是最大的就是军阀制造出来的。四川自从辛亥革命以来，军阀争权夺利，战事连年不息，经过一次战争之后，便要增加许多军队和土匪。丘八愈多，人民的担负越重，什么饷啦税啦捐啦……等等闹不清楚。到了现在，横征暴敛的事，日胜一日。各县预征的粮饷，有征到十七八九二十年。川东一带，五里一厘，十里一卡，星罗密布，真是一网打尽，连虾子都跑不脱一个；并且军队还要奸淫妇女，杀人放火。他们走过的地方好像被水烧一样，什么也没有了。你们想，一班平民，那里经得起他们这样的蹂躏？因此，在这个时期的工人小贩，完全失业，无以为生，他们不得不铤而走险，流为土匪；土匪越多，昼抢夜夺，农人不能从事耕种，自然也只有向土匪一条路走。现在的土匪都是从前的好人，都是军阀制造出来的。土匪的罪恶，就是军阀的罪恶。所以民团的仇敌，根本上来说不是土匪，而是军阀。如果民团专于对付匪人，现在还不是人民自卫澈底的办法哩！军阀之害，不仅在制造土匪，现在社会上一切的罪恶，没有一样不是他们制造出来的。他们爬上了政治舞台，社会上各种紧要的事，不但不能发展，并且要受他们的摧残。现在有多少人在喊振兴教育，提倡实业，便利交通，闹了好几年：究竟有没有头绪？还不是空口说白话。因为他们——军阀——要顾自己的地位，要剥削人们的脂膏，自然而然就要妨害我们所要办的事务。我们如果仍然容他们横行霸道，非达到"民穷财尽""人将相食"不止。

四川的人民呵！现在的民团呵！你们要认清楚你们的仇敌，赶急联合你们的朋友——农人、工人……——结合一个大大的团体，向你们公共的仇敌进攻，建设一个真正为人民谋幸福的政府，才能享受你们所要的太平日子。不然七千万人民，——更可推而至的四万万人民，将要永远永远底受他们少数人——军阀——的压迫和掠夺。你们不要以为这是作乱犯上的事，这是民众革命，世界各国都承认是很光荣的事。因为政府，是建立在我们民众上面的，它应当受我们民众的指挥和监督。现在它既背叛了他的主人翁，——民众——所以我们民众应当联合起来共同趋逐我们的民贼。

你们不必怀疑，不必畏惧，军阀的权利是民众赐予的，我们若同心协力与他们宣战，取消我们赐予他们的权利，他们的权利自然而然立刻瓦解。因为他们平常所恃以鱼肉我们的兵士，是我们民众中之一部份。军饷是由民众筹出的，枪弹是民众之一部分的工人制造的。只要我们认清楚我们的敌人，便可以用我们群众的强大的力量向他们下一个总攻击。这是没有什么危险的，并且有如摧枯拉朽般的容易。吾川的民众啊！努力努力！

何秉彝

何秉彝（1902—1925），又名何念慈，笔名冰夷等，四川彭县人，中国共产党党员。曾就读于当时的四川公立工业专门学校应用化学科。曾任共青团上海地委组织主任。1924年考入大同大学，后转入上海大学社会系。曾参加邓中夏创办的沪西工友俱乐部和平民夜校的工作。1925年"五卅"当天，他响应党的号召，带领学生到南京路进行宣传演讲，不幸被英国巡捕杀害。

哭黄仁烈士[①]

我的爱友——黄仁呀!
怎么连半句话也不向我道及,
便慨然长逝?
究竟是无话可说,还是不能说呢?
方你被一班民贼毒打的时候,
怎么你全无抵抗地、由他们尽量摧残?
——呀,你无力抵抗!
难怪你死也不肯瞑目!
你死了,做革命之先锋,
为青年的模范而死了!可是那,
军阀走狗的儿女们;
反丧尽心肝,
蒙蔽着狗腹,
讥笑你是无谓的牺牲;
你知道否?
假若你的魂灵有知,
请你将他活捉去罢!

你死了——
做革命之先锋,
为青年的模范而死了!可是,

---

① 中共四川省委党史研究室. 四川革命烈士诗文选析[M]. 成都:四川人民出版社,2016:4—5.

你的老母娇妻，弱女幼妹

还在祝你成名，

盼你早日归来；

我委实不敢通知他们，

说你死了！

我的爱友黄仁呀！

你死了，

我只有将泪珠儿尽洒，眼帘儿揉烂！

"不，尽我这残生，

继你的素志！为革命而战！"

一九二四年十月二十二日

家书三封

一①

敬禀者：

捧读严谕，反复自思，郑重详察，所训一切，凡抱消极主义图目前之计者，则诚是矣。然恐非为将来永久谋利益、增幸福之计也。试论其故，古语有云：报速者小报，迟者大。以此而抱消极，是报速，非报迟也，实所报甚小，诚非大也。若谨遵严命在此四川半生半死之学校中，随便将此三四年处过，固然于金钱方面少用多矣，家庭乐趣成全完矣，又何尝不尽善尽美哉？诚如是，则对于目前虽觉善美，而推之将来，未必得当，实非

---

① 高华，江明，封封红色家书 拳拳报国激情：在家书品读中走进革命烈士何秉彝 [EB/OL]．（2017-01-04）[2021-04-03]．http://www.crt.com.cn/news2007/News/jryw/171410274161AGDF8DEIIJ14B459F0.html.

谋长久福利之法，做完人事之本旨也。男今年已逾二十，既愧一无所成，尤耻不能自立，然东隅虽已逝，桑榆犹非晚，改业固不能，发奋尚堪造。既已插身学界，投躯工业，虽不敢希其大成，学是专家，抑亦自当为此以立足，由斯而谋生。但四川工校，虽较完善，而学之亦难施诸实用。施教者善良固有，而难堪者则实多。是以学而知之者，尚少有得实学，论教而后哓者，又安能得其实用乎？学之而不得其用，则金钱虽所费较少，其得欲为此以谋生立足，奈之何其能乎？即日可以执教鞭而暂混干饭，奈学校少而堪教者多，又安能得其长久乎？既不得长久，其经济乎？其终身乎？其省节乎？故男之所以必欲出外者，诚有鉴于斯。为卜将来计，为谋实用计也，非为求眼前荣，目前誉计也。

男将来之能否成为完而有用之人，皆在此一举也！男心决矣！男志定矣！幸其思之！幸其察之！专此特禀。

二①

敬禀者：

昨天接得杨达和杨硕彝的信，他们也要出来了，大致于三四月内，即要启程。目的地大致在上海、南京。他们两个亦可钦佩，两个人的家庭都像没有说好，所以他们的信中说，要窃负而逃。但是这几个人之能起这一番大志，相信，差不多一半都是由男一人引导鼓吹之力所致……男同刘矩在沪组织得有个彭县旅沪学会，前天就成立了。公举刘矩为干事，因为上海共有六个人，即是男、刘矩、李民治、陈尧征（住浦东中学）、陈尧弼（住城中附小、两个都是陈厚村的儿子）、章松和女士（住上海大学）六个，最大的目的，是要对于本县有所贡献。一般三皇时代的人的脑筋，要与他改换了，教育上要将不对的地方与他改造过，输送些新文化来。学生

---

① 高华，江明. 封封红色家书 拳拳报国激情：在家书品读中走进革命烈士何秉彝[EB/OL].（2017—01—04）[2021—04—03]. http://www.crt.com.cn/news2007/News/jryw/171410274161AGDF8DEIIJ14B459F0.html.

界及学校的办理，要指导他们。有志外来的人，加以引导提携，不使去受痛苦，这是对于根本上的事。在上海可以大家联络情感，敦厚乡谊，砥砺学识，所以若在本年夏间或秋间能发动得起三四十元的基本金，定要出版一种刊物，以利实行。

三①②

父母亲：

大人唯一的主张，最大的目的和至切实的见解，只希望男住个如北大、东大、北洋、南洋和唐山等有虚誉假衔的国立或部立大学。在修学时，可以无意味地脍炙人口，毕业后，可以用内虚外实的资格去麻醉人，拿一张不值钱的饭票去欺骗人。至于私立的学校、无名的学校，你老人家就以为不好的、不被人所重仰的。

男已决定住上海大学了！这也是有理由，有缘故的。

男何以要研究社会学？因为男现在是二十世纪的新青年，不是十九世纪的陈腐的以文章为生、以科举为生的老学究。生在这离奇的二十世纪的社会里，便要为二十世纪的社会谋改造，为二十世纪的人民谋幸福，即是要研究人类社会生活的真理及其种种现象，以鉴定其可否。这就是男要研究社会学的主因，亦是男个性的从好，志趣的决定。所以男决定从事社会学——非从事社会学不可。这一下男的意思，你老人家洞悉了，相信，定能表同情于男的呵！若一定要叫男去读做官找钱的书，习争利求名之学，把男的高洁的身躯葬送在腐臭之窟，男是十二万分的为自己可惜，万难从命的！！！

---

① 中共四川省委党史研究室. 四川革命烈士诗文选析［M］. 成都：四川人民出版社，2016：6—7.

② 高华，江明. 封封红色家书 拳拳报国激情：在家书品读中走进革命烈士何秉彝［EB/OL］.（2017－01－04）［2021－04－03］. http://www.crt.com.cn/news2007/News/jryw/171410274161AGDF8DEIIJ14B459F0.html.

男又何以不到别的地方，一定要住上海呢？因为：北京、天津的坏境太恶劣了，太污秽而汙浊了，各方的情形，已经作了几度的详细调查过，政潮的支配，嚣风的薰染，皆令我痛恨而畏屈，男实在不愿去；即以生活程度而论，也不甚低于上海，况且在那里的学生，必不得已而非正当的消费——如挟娼赌博等——又多，于人格的丧失甚大。上海是世界文化荟萃之区，并且是东亚第一市场，新潮流的波及，光亮的透射，要算中国土地的先觉。在此地虽然比较多花费几文钱，而相信所得的代价、所享的进益，实在要比在旁的地方所得所享的超出百倍，即是多耗费几文，也大大的值得了！要想男到垢恶的北京、天津，去住与男的意志毫无关系的国立或部立大学，学点官僚的资格，染些政客的派头，毕业出来，奔走乞怜于侯门之下，丧心病狂于名利之场，为他人作嫁衣裳，抢几个造孽钱，挣点子假名虚誉，是万万不能的！虽是迫令男去，不准男住上海的信如雪片飞来，因那几处的学校都没有社会学！

男何以一定要住上海大学呢？上海大学在上海虽是私立，但男相信它是顶好的学校，信服它的社会科是十分完善，它的制度、它的组织和它的精神，皆是男所崇拜而尊仰的，男以为它是尽善尽美的，它就是我愿意的学校。它能使男信服，使男崇拜，使男愿意，它就是男的好学校——才算男的好学校！所以男要住它，并不是盲从，并不是受谁的支配、吸引，更不是因男留恋上海而住上海大学的。实在是男个人意志的裁判。再老实说一句：男已经决定了，无论如何也不能变更了。男如是行去，觉得未来之神在预告男了，好象在说："你将上光明之路了，你将得着很相适的安慰了，你的前途是无量的，你的生命之流矢将从此先射，你的生命之花将从此开放……"

男　秉彝禀
六月二十八日

帝国主义蹂躏上海大学的追记[①]

这件事的发生，已经过了两个礼拜了，因为处在如狂似怒般底恶魔虎视之下的租界里的上海大学，要为维持学校生命计，所以虽是受了他——帝国主义——之压迫凌辱，还是敢怒而不敢言；宣言不敢发，报纸不能登。现在我维以悲愤之余，把这件事经过的详情，追记出来与大家看看：

本月九日午后三钟，忽有英人数名随带翻译闯入上海大学第二院中学部图书室，彼时还有同学在内阅览书报，该英国人即向前夺去同学手中之书，并叱云："何故看此类危险书籍——即社会科学概论——不去研究文学"？于是不问青红皂白，即将室内所有一切书报杂志捆扎一起，携上汽车。同学等不明究竟，向彼索取收条，殊彼不肯。第二院之图书室寝室等被其如强盗般翻寻遍搜后，复至大学部第二院将图书馆、讲义室、书报流通处等处之书报、杂志、讲义如《社会进化史》《新建设》《新青年》《孙中山先生十讲》《民族主义》《上大周刊》等类的百余种，全数搜尽。同学等以上大乃我学校重地，彼英人来时，既未同办事人交涉妥协，即钻房进屋，有如强盗，已大失礼；即上海虽为租界，我中国人仍应享有种种特权，有言语、出版、看书、思想之自由，为保持国家主权计，自不能再容其随便而去。因此必要彼等俟代理校长（原校长赴北京去了）来交涉清楚后再走。乃彼英人云："我等是奉命而来，必有公函在此，你们学校是犯了巡捕房刑律，……"复以极鄙薄之态度向同学讥笑云："汝等皆怯懦小孩耳，懂得什么道理！我们实如汝等之严父慈母，汝等看社会一类书报，协如拿利刀要杀人（真是帝国主义者的眼光!），我们来叫汝：不要行凶…"同学等闻此荒谬绝伦的轻侮话，不胜愤恨已极，即用英语以相当之强硬话答复之。彼英人复云："汝等皆危险人耳，勿多话，将来工部局再

---

① 何秉彝. 帝国主义蹂躏上海大学的追记（上海通信）[J]. 向导，1924（96）：4—5.

会"（即谁多说即要拘捕谁意）并云："工部局之牢狱甚宽大"，同学答云："你们底牢狱虽大，但可能容纳我们四万万的中华人民否？"乃该英人复含笑答云："汝等不见印度人之多乎？汝等人虽多，实与印度人等耳，……"辛将所有一切书报，装载数车，逍遥而去。同学等虽向前阻拦，但以若稍过形色，彼等所豢养的走狗——巡捕，马上即会如风雨样的来临，捉人拿敌。在租界内同西人作战之罪名就会加起，几年的监牢就要人去坐。所以终归无益，只得眼巴巴的望见他自由自在的去。同学等虽马上开全体大会，讨论对付办法数条，但以种种阻碍，均未得见诸实行。

不料过后不几天，宰割我华人生命的会番公厅，就拿传票来传代理校长邵力子先生了。案由为："于十二月八日出售《向导》报，内含仇洋词句，犯刑律一百二十七条；又不将主笔姓名，刊名报纸，还犯报律第八条"，到此时同学等始明白：前日之所以惹得这样大的风波，受了这样大的侮辱，乃是因上海大学出售《向导》报的事。十九日公然将邵先生传去审问了。虽经律师辩证明白，将一百二十条的案注销，并《向导》刊印发行，皆与当事人无涉，所称犯报律第八条亦不能成立。但捕房所控，尚有违犯报律第十条，及藏有多数有害中华民国之书报，此案尚未了结；前所略去价值数百元之书报，尚未归还。将来的事，还不知怎么样咧！

写到此处，我不觉有个感想？——自然，《向导》是我们中国唯一有价值的报纸，以水晶色的亮眼、锋锐的舌尖：看透帝国主义的阴谋，揭穿帝国主义的险恶，高声呼唤全世界被压迫的民族，醒悟起来，联合战线，向他——资本主义帝国——对抗，他们——帝国主义者——当然是视为雠仇的，想设法扑灭的。可是帝国主义者亦未免过愚了！上大并没有发行《向导》的事，你此次这一举动，不但未将我们的尖兵——《向导》——丝毫未得加以妨害，反转提醒许多人，作为你的劲敌了。还有帝国主义者所谓有害中华民国之书报，或不利于压迫我们的帝国罢了！

据我看：帝国主义者所说的那些书，皆是有利于我们被压迫的中华民国及任何被压迫的民族的，为被压迫民族谋解放必要看的，帝国主义者，请你不要枉自忧虑罢!

你的马屁拍反了!

不要以我华人怯懦,不要以我国当印度看,金刚石虽小,还能钻磁器呢!

二四、十二、十九,于上海大学

缪嘉文

缪嘉文（1902—1938），字景吾，四川广汉人。1926年毕业于公立四川大学工科学院，曾任广汉县实业局长、四川省实业厅京沪实业调查员。"九一八"事变后，先后任川军一二五师团附政训员、旅政训员，一二四师政训处长等职。1938年3月17日在保卫滕县的战役中为国捐躯。

转呈清乡督署为会员温怀德申辩冤抑文[①]

呈为据情转呈恳请提案讯结以释冤抑而保物权事，顷准会员温怀德函开："径启者，窃怀德于某年某月在官产清理处林处长任内遵照宣告条例备价承买成都西府街官产一处，并缴足价银贰仟元，领得管业证据，当即过税，且由处派员会同本管署街各正，及邻人佃户等指界立石，均准照清理处定章，并无不合。不图怀德管业伊始，内有佃户廖复盛等，要求不遂，乘林处长卸任，在省署朦控林处长篡卖私产，经省署令饬新任处长李俊查办，蒙派白委员云帆，当场调停，劝怀德再出佃户等搬迁费二百元，怀德不察，以为事属从档，慨然许诺，复缴银二百元交由白委员经手了息。殊越数日，佃户等仍未迁出，怀德方拟请清理处勒令搬迁，不意李处

[①] 缪嘉文，梁世镛. 转呈清乡督署为会员温怀德申辩冤抑文（中华民国十五年七月）[J]. 广汉县旅省学会季刊，1926（3—4）：82—83.

长为怀德质朴可欺，大肆敲搕，不报原案，过事搜求，忍迫怀德再重缴价银二千二百元，始准管业。怀德以价明税足之合法买卖，当然不能承认，而李处长贪得如渴，竟用强迫手段，将怀德交警厅押缴。怀德质朴，含冤莫诉，只得取保外出，暂避凶残。后怀德以非法处分呈示李处长省署有案，蒙饬查办，同时林前处长尚在成都，以为事关任内，不忍坐视，乃将事实咨明，以免冤抑。殊李前处长醉心利赗，凡对于为怀德申雪公文，概不阅览。案牍具在，有案可稽。近闻现任寇处长未谙此案，显未继续错误，谬将怀德以二千二百元向邓督办所委之正式机关承买之官产，擅行查封，另卖与魏署正同与管业。查魏署正即系怀德买官产时，经手缴款，指界、从场之人。今乘怀德处于积威之下，而魏某以经手之人，竟敢串同颠倒，况此次怀德所买官产中尚有吕光宗住房四间，于民国十二年怀德以二百四十元大佃在手，并取具官文约契可查。而魏署正恃势凌弱，悍然不顾，尤复鸠工修造，擅越物权，丁斯惨剧，情实难甘，用是具情愿请本会主张公道，转垦清乡都督办提集全案人证研訉，以释冤抑，而保物权等由"到会，同时并据会员温述尧等提议，经荷众讨论，结果佥谓温怀德，古节朴实，同人共知，所请各节，亦属实情，声此无辜受累，惨遭子罄，情实堪悯，应予据情转呈钧署，恳乞提讯。俾物权有所保障，冤抑得以伸释，学会同人暨温怀德全家感德无既，所有议决转恳各缘由，理合具文，呈请

鉴核赏准，无任待命之至。

谨呈

四川清乡督办邓

广汉县旅省学会理事主任

缪嘉文　梁世镛

中华民国十五年七月

余泽鸿

余泽鸿（1903—1935），原名余世恩，笔名因心、晓野，四川长宁人，曾任中共中央秘书处秘书长，当时的国立成都高师范学校英语部1922级校友。在恽代英的指引下走上革命道路，后为配合红军主力长征而在牵制敌人的战斗中牺牲。

欢迎第七届全国学生代表大会代表诸君[①]

1925年6月28日

代表诸君！你们远道而来，将何以援助你们声嘶力竭的受难同胞？你们因沪案发生，提前开会，我们十分相信你们此时定和我们一样的沉痛悲伤；更相信你们能够代表全国的青年学生，在会议席上去设法解除全中华民族的苦痛，不仅是争得目前的交涉美满，更要永远的拔去苦痛根源。而且将此议决案在散会后回到各地，领导各地的青年学生乃至工人农人一致脚踏实地的做去。

我们因为以上的希望，而且相信这些希望是诸君可能负责的；所以我们听着诸君远道而来，骤然转哭为笑，隐藏着亲切的迎迓之忱。代表诸君！你们对于此次空前未有的大惨案，将如何认识？如何用实力援助？

我们知道五四运动、六三运动、六一惨案和年来的非基督教运动、反帝国主义运动……无一不是青年学生在前面领导群众，从绝大的牺牲中道出来的光荣史。这次南京路上的流血，沙基口的死者，又是我们青年学生占大多数；社会上的一般公道判语，未有不说中国的一线生机，就在青年学生肩上。代表诸君！你们所负的使命浩大，责任綦重，因此我愿向诸君贡献几句话。

A. 会议中应注意的事项

我曾记得去年的第六届代表大会，在起初两天，精神百倍，争先恐后的发言。虽然是关系很小的议案，代表们亦乎不肯轻易放松，很尽责的详细讨论。当时我亦忝列其中，缄默寡言的我，十分佩服代表们的热心和精细。可是过了几天——大概是天气骤热的原故——流会的官场习气，遂充满了神圣的学生会场。寥落如晨星似的代表大会中，素来口若悬河声如洪

[①] 李言璋. 余泽鸿烈士[Z]. 2002: 154—156.

钟的代表们，仅仅有一线气息奄奄的鼻息声和倦后的呵欠声，与复旦校园里树梢头的蝉鸣打成一片，沉默的静室里，不时发出"无异议通过"的微弱声。干枯酷热的会场，究竟敌不过花容鲜艳的世界，直着身子要坐三四个钟头，究竟不如到半淞园去白相惬意，到后来，只乐得晓鸟池蛙，朝朝夕夕在那附近的青草场上，作旁观者的冷嘲。有鉴于前，不能不出此杞人忧天的过虑。想此次的代表诸君，当此风云紧急之时，定自知责任重大，不致儿戏出之。每提出一问题，必详加考虑，慎重发言。须知自己是处于代表的地位，不是一人之私事，可以任意抛纵者堪比。更不可任意缺席，放弃责任。上海虽好游玩，但愿诸君时时扪心自问——为何而来？此言不中，便是我唯一的希望。

B. 开会后应注意的事项

日前在开幕的大会席上，主席曾报告；"……我们在国民革命运动中，愿意拿着旗帜在前面走……"……历年帝国主义侵略中国，最感苦痛的便是下层社会的农工兵士，但是，农工虽然痛苦，却不知道如何打倒帝国主义，不相信自己的力量可以和帝国主义"敌对"。兵士深锁在军阀们"绝对服从"的桎梏中，没有觉悟的机会，望他们自动的来打倒帝国主义，不是做梦吗？其他，如军阀、政客、官僚、买办，至多只能逼得来和我们表暂时的同情，实在他们原是帝国主义的走狗望他们来打倒帝国主义，不如请四马路的野鸡，立块贞节牌坊来遮雨。所以，打倒帝国主义的工作，只有靠知识阶级起来领导群众——农工兵士——脚踏实地的做去。而知识阶级中，那天大会开幕场上，曾琦君又说；"中年以上的知识阶级无望"，他们曾经老实不客气的不打自招——至少有曾君是如此。那便是我们青年学子的责任，我很盼望诸君闭会后，不要辜负了讨论议案时候的热忱和辛苦。不但要团结各地学生，而且要领导农工兵士在我们的旗帜下追随前进。我们领导群众，首先要组织群众，使散沙般的群众，铁也似的团结在国民革命的旗帜之下。"一呼四应"，"前仆后继"，一致打起合拍的步伐前进，直到帝国主义和他的走狗们销声绝迹而止。代表诸君！请平心静气的回忆，第六届的议决案执行了多少？到今年，很多地方，不是连代表应该选派多少都不知道吗？议决案呢，早悬之高阁了吧！"今日何日"？"为何而来"？这两个问题，我们很诚恳的希望诸君牢记着！我们因为对诸君爱之深，望之切，从热烈的迎迓中，勉强说几句废话？望诸君有则改之，无则加勉，狂妄之处，幸垂鉴焉。

研究社会科学的方法①

我们研究一种学问，先要引起兴趣然后才能深造。但要引起兴趣必然讲究方法。研究社会进化史的人，每每从社会进化史的第一章就读起；结果，好像读了凡纲鉴，二十四史一样不容易记忆。研究社会问题的人，每每忽略本国，而去研究欧美的社会问题；结果，索然寡味，毫不了解。研究经济学的人，每每不管眼前的经济状况，而去研究俄国的"剪刀问题"、英美的"托斯拉"；结果，与实际毫不切用。研究政治学的人，每每不过问现在的政治问题，而去研究汉、唐的政治状况；结果，成了汉、唐的政治学家，而不是民国十四年年的政治学家。这些研究都是异时而生异地而处的人，根本不懂研究的方法。

我们研究社会科学，固然不该拘于一个时代，一个领域；须从古到今，以追求社会进化过程上的线索，需着眼人类世界，以探讨社会大势的牵连；需推导某现象之因，以断定某现象之果；然后才不致偏倚错误。但是初学的人，最先一步却不宜远求，今把研究方法，分述于下：

（一）关于历史方面的

关于历史方面的社会科学，如社会运动史，社会进化史，社会思想史等，每每是必须记忆，与兴趣不浓；我们开始研究，不必从第一张看起，因为时代距离太远，大概对于现在渺不相干。我们可从现在逆推到太谷。

---

① 余泽鸿. 研究社会科学的方法 [J]. 学生杂志，1925（3）：47—48.

比如：研究资本主义时代的经济而推求商业时代的经济，由商业时代的经济而推求封建时代，族长时代的经济。研究民国的政治而推求满清的政治，明朝的政治。社会进化，其中有相连的线索可寻，只要不是跨越的追索，都是有味的事。

（二）关于地段方面的

关于地段方面的社会科学，我们每每好奇远求；固然世界人类都有牵连的，但离自己接触太远的现象，初学者不易懂而无趣。我们开始研究，须从自己的周围向外推求。比如：研究劳动问题，先从本地本县而推求本省，本国，世界的劳动状况。研究妇女问题，先从中国起，向日本，朝鲜，印度，亚洲而至于欧美。从自身接近的范围渐外扩大研究，才能使自己容易了解而觉有趣。

（三）关于原理方面的

关于原理方面的材料，固然应该平时旁收博采，但是每每觉得所记忆的材料不感需要，久而健忘。我们研究原理，须因某现象某问题去追求，换言之，就是遇着问题去解决，遇着现象去求原因。比如：现在的"托斯拉"为什么发生，追求出来的原因是资本集中。我们必须这样，才不至事实与学理分离。

我们研究社会科学，要感兴味，要切实用。了解这两个原则去研究，才不致感着困难，才不致枉费工夫。为要求实现这两个原则，我们就需注意：

（一）关于历史方面的

从今逆推到古。

（二）关于地段方面的

从近顺扩到远。

（三）关于原理方面的

从事实上去追求。

余宏文

余宏文（1904－1935），曾化名余三弟、余福生、陈济民、陈伯南，四川宜宾人。1923－1925年曾就读于华西协合大学。1925年加入中国共产党，同年回宜宾从事农民运动。1930年打入国民党政府从事秘密工作。1932年任中共成都东区区委书记。1933年到邛崃领导抗捐军工作。1934年组建川康工农红军游击队并任大队长，同年12月被捕。1935年春在邛崃被强迫服毒牺牲。

自 卫 歌[①]

背着枪，提着刀，为了自卫敢把脑壳掉。
拼死命，把国保，谁是敌人我们早知晓。
你听！你听！群众在怒嚎！
你听！你听！群众在怒嚎！
今日正是民族复兴的时候到。

[①] 中国人民政治协商会议四川省宜宾县委员会文史资料研究委员会. 宜宾县文史资料：总第22辑[Z]. 1993：178.

十二月悲歌[1]

正月里来是新春，工农暴动把地分；
穷人翻身把家当，人人有田来自耕。
二月里来菜花黄，青黄不接还征粮；
苛捐杂税一齐来，荣县抗捐摆战场。
三月里来是清明，农民暴动在宜宾；
兴隆巷中逮共党，缚烈九人命归阴。
四月里来正栽秧，农户人家栽秧忙；
一年辛苦望秋收，秋后还是喝米汤。
五月里来石榴红，红色五月属工农；
资本家怕"五一节"，世界劳动归大同。
六月里来热难当，沙溪惨案在长江；
十字街前精神振，共产党人杀不光。
七月里来秋收忙，地主管事到晒场。
金黄谷子送地主，一年辛苦为谁忙。
八月里来是中秋，减租减息党领导；
说话不成干戈起，大塔农暴不罢休。

---

[1] 中国人民政治协商会议四川省宜宾县委员会文史资料研究委员会. 宜宾县文史资料：总第22辑[Z]. 1993：178—179.

歌　谣①

宜宾有个刘文彩，
观音有个张兰轩，
贪官恶霸互为奸，
抽杂税，派苛捐，
估倒②百姓种洋烟。
种洋烟，抽窝捐，
不种就要抽懒捐。
这样税，那样捐，
而今只有粪无捐。
老百姓，真可怜，
哪里去喊冤？！
如今来了共产党，
领导百姓抗苛捐，
打倒刘文彩！
活捉张兰轩！
人民见青天，
见青天！

---

① 中共宜宾地委党史工委. 宜宾地区党史人物传：第2卷［Z］. 1985：82.
② 四川方言，意思为"强迫"。

狱中家书①

婉卿弟妹：

你们带来的黄粑、腊肉、香肠真香啊！当我吃着时，竟忘记了我在监狱里，好象我们全家欢聚在一起过节，又好象毛娃和他幺爹正在愉快地放鞭炮，大妹二妹正在厨房炒鱼，鱼的香味直钻我的鼻孔，真香！忽然又看见你们一个个坐在桌边流泪，没有人动筷子。啊，我还在监狱中。

婉卿弟妹，我死不了，我们将很快团聚！

清泓（节选）

一②

——革命是我们认定了的光明大道，决没有调转身的道理。但目前，危险是与革命成正比例的；革命要免脱危险，那不是一件很滑稽的事吗？家庭是可恋的，妻子是可爱的，只要人非"太上"，哪个又能忘情呢？但在这强盗世界，除了地主、资产阶级而外，谁又能保他的父母不冻饿，兄弟妻子不离散昵？既然不能保有室家享其乐趣，何如决然舍去，专心一志走向革命呢？

——中国革命该是多么的重要！我们要是努力，中国革命成功不是就在数年之内吗？而乃越趄不前，偷生畏死，舍幸福而不求，舍正路而弗由，真是蠢极了。

——做官未必就能福利家庭，况且敌对阶级是决不能调和的；纵使暂

---

① 中共宜宾地委党史工委. 宜宾地区党史人物传：第 2 卷 [Z]. 1985：85.
② 余宏文. 清泓 [M]. 北京：作家出版社，1959：115.

时潜匿在他们队里，只要你仍是继续你的革命工作，一定不久就被他们检查出来，你的官运横竖不会亨通的，而且还是免不掉危险。那时你怎样庇护你的家庭呢？何况现在做官就变成了反动派的刽子手呢？

——啊！一个革命者，升官发财的念头都还没有打破，还在尽着把家庭、恋爱挽做一团解之不开，革甚么命？愧杀！愧杀！快觉悟过来吧，不要一误再误了吧。

二①

彬卿：

我出来算是一个多月了，起初不曾料到 S 县会闹得这样糟糕，到现在还不能回家去。我更不曾料到我要在 J 县住很久，到今天都还没有离开。我早就想给你写信，因为我的住处不一定，事也没有办停妥，所以竟不曾写。我知道你一定在埋怨我呢，请你恕我吧。

我现在要离开 J 县了，恐怕我以后的住处更没有一定，所以不能不给你写信了。

以前离开你的时候，因为没有料想要到今朝，所以一切话都不曾给你说。现在我要走了，不晓得哪时才能回来，所以不能不给你说了。

彬卿，你切不要以为我因革命才离开了你，要知道我就不从事革命也免不掉要离开的。彬卿，我要是一个大有钱人，便早飘洋过海去求我自身的学识、未来的光荣去了，我俩还是免不掉要离开，或许我俩还是不会成为夫妇。要是我是一个穷苦的工农，便早去吃粮当兵或帮人下力去了，我俩还是不免要离开，又或许我俩还是不会成为夫妇。你嫁给了一个小资产阶的我，虽然小资产阶级不必一定要革命，但求升官发财却是一桩不可免的事，难道去求升官发财就不会离开了吗？彬卿，你没有见过许多出门求功名的人，多半是别父母，抛妻子，三年，五年，十年，八年地去了吗？

---

① 余宏文. 清泓 [M]. 北京：作家出版社，1959：120—122.

你又没有见过许多出门做买卖的人，也是一样的千里迢迢，整年整月地不能回家吗？啊，生在这无情的私有财产制度社会里，除了少数大资本家、军阀、官僚，是鲜有不受别离苦的哟！彬卿，这是社会制度使然，是社会把我们离开的，我们只有诅咒社会，怪不得什么革不革命呀！

彬卿，你也不要以为干革命是很危险的，干别的就无危险。你要知道危险不是革命才有的，不革命也未见就能避免危险。山坡可以崩下来把人打死，房子可以倒下来把人压死，火可以把人烧死，水可以把人淹死，这是天然的危险。还有人为的危险：处在这强权世界，军阀铁蹄之下，不测的祸殃随时都可以降临的。语言不谨慎可以致斫头之祸，行动不谨慎可以致斫头之祸，甚至于素守本分的人都免不掉祸事降临。你看这一次S县的党案连累多少无辜！可见干危险事的人——革命者未见就危险，不干危险事的人——不革命者未见就能免危险。总之，危险是随时随地都有的，遇不遇是没有一定的，不过干革命的人是在危险中去求平安——永久的平安；不革命的人是在平安中去犯危险——常住的危险。其实险是一样的，各人的趋向不同罢了。彬卿，你要知道哟，在这不合理、不平等的社会里是充满着危险——人为的危险，任随你走哪条道，革命，不革命，都是免不掉的哟！彬卿，我的亲爱的彬卿，你别为我担忧吧。

彬卿，我是这样地去干了，我的祖母望你替我好好地孝顺；我的母亲留下来的两妹一弟，望你爱护他们如象爱你的春妹小保一样；咏秋是我主张抱来佐治家务的，你须和她和衷共济。一切家务都交你，我是不负责的了，我就专门去干我的。彬卿，你是我的爱人，你爱我，这一点儿义务就望你替我尽了吧。你该不至于埋怨我吧？

我知你对于我的离开是很不满意的，或许你要好好哭几场呢。但是，彬卿，我望你不要忧虑吧，你是我最亲爱的，我唯一的爱人，你要是忧坏了，忧出病了，怎么办呀！我有个朋友，他到广东去了，他的女人在家里天天哭，他两年没有回来，他的女人就活活把双眼睛哭瞎，彬卿，你也要如是我该多么伤心呀！那我既要事，又要顾及家庭，就将一事无成了！那我们的快活日子几时才能得到呢？那或许我也要忧坏啊！那我俩以后的情形不堪设想嘛！彬卿，你是我的爱人，你爱我，你就应该使我快乐，使我无后顾之忧，使我得专心一志地去干我的革命。或许革命早日成功，我俩有早日团聚的希望。而我俩重聚之日，也彼此都得健康的快活。彬卿，怎样才使我快乐呢？那就是要你能快乐哟。

末后，这封信望你别抛了，可拿来好好地存着，烦闷时候可拿来重看，包管消烦破闷。哈哈！祝你快乐！

清泓　三月二十一日

三①

他心中没有什么恐惧，也没有什么悲哀。他还向他的同伴安慰说："同志们，你们莫愁吧，革命的火是扑不灭的，革命者是杀不完的！"

他心里好象是说，牺牲对于革命者算得了什么！它并不是什么很神秘的、很可惜的事，值得我们去惊怪它，悲痛它。它简直是意料中的事，是很寻常的事。家庭反正是不能庇护，反正是不免别离，生离与死别固是一样的痛苦，既不惜生离，又何惜死别？有什么悲哀？

他以为可悲哀的不是牺牲，是革命的不成功。严格地说来，革命者并没有所谓悲哀，因为一切可悲的事情都是社会现象。明了社会状况的人，只有按着革命的策略朝前进，才能够从容不迫地在枪林弹雨之中，纷纭万状之际，指挥自如，进退自如。清泓就是这样地处之泰然，等待着经受一切严峻的考验。他知道，在监狱外边，那些没有被逮捕到的同志们，正在继续着他们共同的革命工作。现在，他对革命比以往任何时候都更充满了信心。他相信白色恐怖决摧毁不了革命力量，相反地，革命将一天天地走向高潮，走向胜利。

---

① 余宏文. 清泓 [M]. 北京：作家出版社，1959：126－127.

陆更夫

陆更夫（1906－1932），原名陆承楠，号梗夫，化名张清泉，四川叙永人。1922年考入当时的国立成都高等师范学校国文部。1925年考入黄埔军校四期政治科学习，同年加入中国共产党。1927年参加广州起义，后任红四师十一团党代表。1931年12月任中共两广省委书记，次年3月被捕入狱，7月在广州市东郊石牌村就义。

家 书①

希圣五弟：

　　前在高安寄上一函，想已收到。我在高安已住二十多日，现南昌（江西省城）已克复，三、二日后，我将到江西省城去了！我们的军队由广州出发，我也由湖南、湖北（到）江西，将来不知能否到南京、上海。南昌到汉口只需二日，汉口四日到重庆，要是我回家也很容易，不过我现在不能回来！

　　我很久没有得到家信了，然而这是没有办法的事，不久我该可以决定交信地点，决定时再通知你！

　　父亲现在何处？我不知信该交什么地方！母亲近来想也安好无恙！我现在的身体很是安健，能吃苦！不害病，这是母亲和你们都喜欢的！

　　到南昌时再和你通信！你读书的进度怎样？你应该自己管理自己！

　　敬祝

母亲安好！

更夫
由万里外的江西

纪念五四（片段）②

　　革命学生的出路是什么？
　　　武装起来——是军人；
　　　到田间去——是农人；

---

① 张丁，抢救民间家书项目组委会. 家书抵万金 [M]. 北京：新华出版社，2006：2—3.
② 王践. 史海泛舟 [M]. 长沙：湖南大学出版社，2012：65.

到工厂去——是工人。
今后五四的精神——
要使工人农人来继续着!
要革命的青年来把他发扬着!

苟永芳

苟永芳（1908—1934），又名方明、方铭、王明远、尹大成，四川富顺人。1926年秋考入当时的国立成都高等师范学校英语部。1928年1月加入中国共产党。曾任共青团四川省委书记、中共四川省委宣传部部长、中共四川省委代理书记。1933年8月1日在成都由于叛徒出卖被捕。1934年2月15日不幸遇难。

在狱中写给父亲的信[①]

父亲：

儿将被屠杀，父勿悲而忧无子。共产党终必成功，继后必有许多青年认你为父，幸福日子犹在将来也。

---

① 中共重庆市委党史研究室. 临刑寄语：巴渝革命烈士书信选 [M]. 成都：成都科技大学出版社，1991：58.

在狱中写给妻子的信[①]

瑶芝：

你为党中最忠实份子，无烦我叮嘱，以后勿以我死而灰心意冷，忘却前进。

在狱中给儿子的遗嘱[②]

你如果问你爸爸为什么死的？

我说：是为无产阶级的革命而牺牲的。

孩子！快长大吧！

长大了不要忘记你的爸爸，

更不要忘记你的爸爸的事业！

[①] 中共重庆市委党史研究室. 临刑寄语：巴渝革命烈士书信选［M］. 成都：成都科技大学出版社，1991：59.

[②] 中共重庆市委党史研究室. 临刑寄语：巴渝革命烈士书信选［M］. 成都：成都科技大学出版社，1991：60.

杨国杰

杨国杰（1908—1930），又名杨申甫，四川梓潼人。20世纪20年代末30年代初四川成都地区学生运动领导人之一。1928年考入当时的国立成都师范大学附属中学，加入中国社会主义青年团，1930年转为中共党员。在校期间负责"反帝大同盟"领导工作，带领学生和工农群众开展反帝爱国斗争，发起因华西协合大学扩筑围墙、不准华人进出而激起群众义愤的成都华西坝"反筑墙"斗争。1930年7月24日因青年党人告密不幸被捕，8月15日被枪杀于成都春熙路孙中山铜像前。

绝 命 书[①]

父亲：

不孝的你儿已为大革命前驱，被万恶的K党军阀屠杀牺牲了。我之牺牲，是为着全世界人民谋幸福，求解放而死的。他们要杀是杀不绝的，还有全世界的普罗同志在继续着我的精神。我抱歉的是没有与你们留个孙孙，我死之后，请你老人家不要过分悲伤，因为你的儿子是很多的。燕氏不必尽陷在家里，可以另找别人。

---

① 中共四川省委党史研究室. 四川革命烈士诗文选析［M］. 成都：四川人民出版社，2016：71—72.

这次事件共逮捕了十二个工人，九个学生（女两人），经三军联合办事处三次会审，俱无结果，判断不下来，现在决定将我枪决，因为我是主席。

父亲、母亲、幺叔父母、国栋、国锐、国钰，尤其是我妻燕氏，这是我最后一次和你们谈话了，是绝命书吧？

哎哟，写到这里，我的手软了，血液沸腾了，再也写不下去了！

祝你们一家和好，五世同堂！

逆子杨国杰跪禀
一九三〇年八月十五日

王向忠

王向忠（1909—1928），别名王赫，字作都，四川高县人。1926年考入当时的国立成都大学预科，1927年加入中国共产党，任中共成都大学特支宣教委员、中共成都市委学委委员、社会科学研究社宣传部部长。1928年2月16日被四川地方军阀逮捕，当天下午被秘密杀害于成都下莲池，是成都"二一六"惨案中最年轻的牺牲者。

赠友三首[①]

一

君心我素知，君容我素识。
武力济群黎，从戎拟投笔。
壮志待急酬，阶梯未可躐。
才智既雄伟，鹏飞自有日。

二

琅玕读罢满篇诗，秋水伊人想见之。

[①] 中共四川省委党史研究室. 四川革命烈士诗文选析［M］. 成都：四川人民出版社，2016：31—32.

鸣到不平如对语,算来孤愤最相知。
才人走卒真堪哗,末路英雄未可悲。
恨不与君同破浪,狂澜辜负立功时。

三

飘流身世不牢骚,气焰熊熊百丈高。
潦倒独留孤笔健,沉浮不改一生豪。
穷途同是悲今日,旧雨无端感昨朝。
天末故人成远别,秋风长忆旧绨袍。

郭祝霖

郭祝霖（1909-1934），原名郭仲纯，字祝霖，以字行，学名郭家骀，化名郭志平，四川彭山人。彭山早期共产党人的代表，川西南最早的农民协会组织彭山县农民协会和农民武装组织彭山青年互助社的领导者。1926年以优异成绩考入国立成都高等师范学校国文部。1933年6月在检查工作时，因口音与当地人不同，引起敌特怀疑而被捕。1934年10月13日，郭祝霖被杀害于三台县城西门外牛头山下。

赠难友[1]

一

禁门深锁气难平，夜话连床梦不成；
苏武有心持汉节，弦高无音犒秦军。
金固锻炼归良冶，身为淹留负偶耕；
散尽千金君莫惜，明朝屈指计归程。

---

[1] 柯昌俊. 梓州忠魂[Z]. 1994：48.

二

一年禁地几迁回，皂角城头晚吹哀；
且看离人分手去，无端愁思拂心来。
风云处处惊消息，烟火层层冷劫灰；
行矣前途珍重好，莫将壮志没蒿莱。

歌 谣[①]

一

春季到来闹饥荒，农民喝菜汤，饿得皮包骨，求亲找友急忙忙，借到三斗谷，栽插几亩秧，勤施肥催苗壮，盼望秋后，过上一点好时光。

二

夏日田中麦子黄，拌桶乒乓响，可望喝稀汤，背时军阀真凶狠，捐款多花样，催丁如虎狼，挑麦子折苛捐，五施六抢，捉到整得精光。

三

秋来桂花满园香，军阀打恶仗，人民遭大殃，丘八爷爷下四乡，挑抬拉夫子，陪睡拖大娘，倘若是不依从，要扳要犟，钢枪一响，命见无常。

四

冬日寒霜雪狂，老板喊算帐，红苕没一条，横思想，顺思量，如何是好，起来革命才有指望。

---

① 中共四川省委党史研究室. 四川革命烈士诗文选析［M］. 成都：四川人民出版社，2016：171.

庄 稼 佬[①][②]

红日升天未晓,庄稼老汉起来了,出门去忙得不开交,哎哟,哎哟,出门去忙得不开交。

一年累得不得了,挣钱儿享不到,遭强盗抢去了,哎哟,哎哟,哎哟,遭强盗抢去了。

帝国主义大强盗,军阀就是第二号,庄稼佬怎么开交?哎哟,哎哟,庄稼佬怎么开交。

这些东西打不倒,庄稼老汉活不好,一辈子不得伸腰,哎哟,哎哟,一辈子不得伸腰。

若是一齐打倒了,庄稼老汉快乐逍遥,庄稼老汉快乐逍遥,哎哟,哎哟,庄稼老汉快乐逍遥。

[①] 和同为中共党员的哥哥郭祝三合作。
[②] 中共四川省委党史研究室. 四川革命烈士诗文选析[M]. 成都:四川人民出版社,2016:172.

李司克

李司克（1912-1930），原名李孝本，化名李索昌，四川江安人。1927年考入四川省第三中学即江安中学，同年冬加入中国共产党。1928年考入当时的公立四川大学外文学院英语系。1929年未毕业就参加革命斗争，参与领导广汉武装起义。后在金堂被捕，于1930年11月8日被杀害。

Vector
——给我念念不忘的测苇[1]

一

我去了，我去了，

今后浪迹天涯！

家庭的诘责，

乡党的舆论，

朋友的鄙视，

这都是不值留恋和顾虑哟！

我愿站在，

那大炮口前！

我愿睡在，

那白刀尖上！

寻找自由无羁的天乡。

二

我去了，我去了，

今后浪迹天涯！

山风呀怒号！

海水呀滔滔！

旅客呀心摇！

---

[1] 刘德隆，刘玛. 新中国的先声：中国无产阶级革命先驱诗存（1903—1949）[M]. 长春：吉林文史出版社，2009：157.

这大概是火山爆发的预兆!

赶紧烘热,

自己的胸膛!

赶紧握着,

残红的戈矛!

快快把地球逩去火烧。

1929 年残秋于云现女中

儿　歌[①]

一

大中华,

在东亚,

人口多,

土地大,

谁要骂我是睡狮,

请来告[②]一下。

二

莫去赏花玩月,

去看那穷人斑斑血;

莫去伤春悲秋,

去看那恶魔刀下累累骨。

---

① 中国人民政协会议四川省彭县委员会文史资料研究委员会. 彭县文史资料选辑：第 6 辑 [Z]. 1994：6.

② 四川方言,意思为"试"。

顾民元

顾民元（1912－1941），字弥愚，江苏南通人。在中共党员刘瑞龙的影响下，与江泽民同志的父亲江上青等积极参加学生运动，1927年加入中国共产党。曾就读上海艺术大学和当时的国立成都大学文学院。抗日战争爆发后，任启东县政府第一科科长、启东县抗日民主政府县长等职，被新四军误杀，后被追认为烈士。

自 传[①]

惭愧，民国三十年，我三十岁了。但丁说："这是人生的中路"。前面的密雾使我不再知道没有走过的是怎样的一半，不能再向前走也说不定，是应该回顾一下的时候了。

也许因为走得急促，我有点疲乏；可却总想继续向前走出较好的路来，自己实在不愿意掉头向后，多所依恋，或者沾沾自喜。

给自己算帐很容易回护得太多，愈算愈糊涂：现在我这里只想开出一篇流水帐，有朋友高兴代我清结，那是我顶欢迎的。

我的祖父是一位谦和朴实的老人，他喜欢喝酒，工篆隶金石刻画，他去世时，我已有十八岁。我的父亲从事师范教育近四十年，是一位知名的教育家，他有丰富的感情，然而理智极强，对于是非的辨别一丝不苟，因此他常多苦恼，身体不太好，他今年六十一岁。我的祖母是张南通先生志为贤母的。她去世时，我才三岁。我的母亲今年六十二岁了。他是我父最理想的配偶，帮助我父教育我和姊姊。她应付事变的果敢，给我的影响很大。

进学校以后，我始终是教室里年纪最小的一个，身材却总要算是高大的。

十岁以前，幸福的回忆联系着父亲在夜间把唐诗教我和姊姊照映书卷的灯火，上床以后眼睛闭了，我看见一片五色的光彩，这样繁复的想象，交织在绚烂的闪耀中间，终于甜蜜地入梦。

唐诗以后是《诗经》《国风》经父亲讲解和唐诗一样使我感觉亲切。后来父亲又教《四书》，教我老庄，他要我熟读它们。

[①] 顾民元. 天光常照浪之花 [M]. 上海：上海人民出版社，2012：3—7.

小学毕业，我已读完我能找到的许多古小说，《水浒》读过两、三遍，《新青年》《新潮》和《小说月报》，使我知道了许多父亲尚未介绍给我的。那时我独立编印一种纯文艺的半月刊《月潮》。

　　大革命的巨浪使我失去了对于安那其主义的兴趣，对于新的世界的信念确立了，参加实际工作的时间虽然很短，那篇光芒万丈的宣言永远是我生命力的泉源。

　　在创造社主办的上海艺术大学读书，我曾浪费我的时间写过小说，也居然卖到钱，象工银奴隶一样，我被张志平剥削过。一篇和友人张一林合著的短篇集，在泰东书局出版，也知羞涩，没有露出自己的名字。那是民国十七年的事。

　　十八年春初，我和姊姊一同到了成都。姊夫景幼南在国立成都大学教授印度哲学，我转入成都大学。吴碧柳先生的热情使我感激。

　　在成都虽然害肺病，读书倒很多。英文而外，学法文、德文。读了好些名著，我爱恩格尔的书。文学名著的浏览，包含了犹里极底斯、莎士比亚、佛罗贝尔、屠格涅夫的几乎全部的作品。

　　民国二十年在成都大学毕业，回家以后，因为身体很坏，在泰州光孝寺闲住，教几点钟佛教文学，使我看了几部佛典。同时，我把和友人杨汁合译的《泰赖斯波尔巴》整理出来交给南京书店印出。契可夫的戏剧全集，译出了《樱桃园》和《大路上》。

　　"九一八"以后，我的健康一直没有出过岔子，几个病灶结束了我的肺病。二十一年春季，主编《文艺组合》，这个刊物和左翼作家联盟有联系，出过五期。从那年秋天起，我正式开始了粉笔生涯，在省立淮阴师范三年，在省立济南师范两年，后来又在省立镇江中学、省立南通中学。教的是国文，在"读书便是救国"荒谬的口号之下，我的"韧性的战斗"相当艰苦，收获可不能算小，象在济南"一二九"的潮流里面，一般同学和我交换知识，我就不能过低估计自己的长处。

　　"一二九"前后，和友人于在春、江上青、江树峰合编的月刊《写作与阅读》出版，第一卷由新知书店印行，一直到"八一三"战事发生才停顿。我们的企图，是用这个刊物来团结全国语文教师。

南通县城沦陷以后，我曾参加特务总队的政治工作，办了一所抗敌学校。特务总队被张翼消灭以后，在如皋县动员委员会担任秘书，接着到启东县任县政府第一科科长。

民国二十九年夏季，在海门县主办小学教师训练班。黄桥决战以后，海门季县长兼第四区行政督察专员，他是我的师兄，他拉我到专署担任第二科科长。秋间，参加苏北参政会，被推为驻会委员会委员。不久，因为启东民众的坚决要求，我又以专署秘书名义代理启东县县长了。这在我是十二万分的勉强，因为我看到以合于抗战的法、合于民众的法，主持一县的行政，对于我是一副过重的担子。

初次去启东，父亲曾给我一首诗，这首诗刻画着父亲的伟大，我永远记着这首诗："一车南去疾如飞，老泪无端忽抗战。"以前，我写过许多诗，自己编成一本《雕虫集》。后来想多写一点大众化的朗诵诗，然而成就极有限。最近的作品，有作为歌咏启东的长诗起首两段，题名《新土》。还有，便是宣告施政方针十条的一篇六言布告了。

在济南译完的罗斯丹德的《雄鸡》，是我心爱的一部书，因为它的寓意深刻，字字珠玑，这和《雕虫集》一样，不曾有机会付印。

我曾想重行试写小说，一个矛盾的想头，是想在军事方面多学习一点，父亲所希望的是做个农夫，这是我无福消受的，我敬重我的父亲，然而我怎样才能做他理想的儿子呢？这些不谈也罢！

我有七个孩子：乃健、乃康、乃武、斌斌、乃粒、乃启、乃布。乃布是我失去自由以后生的。

对我的修养、阅读和习作帮助很大的友人，除上面提到的几位，还有陈世我、刘延陵、表兄李俊民、姨兄刘瑞龙、吴天石、马一行、窦止敬、施与、陈同生……这几位。

好久以前我的一首旧诗里有这样两句："莫为江流悲永逝，天光常照浪之花。"把自己看成一朵浪花,我是不寂寞的。雾,是会被和风拂开,被朝阳驱散的。

一九四一年二月十一日,北刘桥

新　土①

启东,你中国的新土!
百十年前这里是东海一片汪洋,
每个清晨,这里欢呼着,
扬子江一泻千里的波浪,
受那东方最先的红光爱抚。
伟大的,坚忍的是扬子江,
江沙冲积,新土在这里成长;
加上拓荒者的血汗,
凝结了三百里肥沃。
你看,千万颗绿野的露珠,
颤动着梦想不到的喜悦,笑向朝阳:
现在茅屋边的雄鸡代替了海波歌唱,
秋天这里是一望无际的棉田的缟素,
春天培养了元麦辽阔的金黄,
这里有饱满的春豆、玉米,也有沉醉的红粮。
拓荒者自己,他们牛一样的苦,
过度的辛勤,过重的担负。
清晨前,他们摸黑走完悠长的路,
在灯火下面买卖,接着赶回去,

---

① 顾民元. 天光常照浪之花 [M]. 上海:上海人民出版社,2012:11-13.

计算着露水，不再沾湿犁锄，
不再沾湿衣裤，
鲜洁的空气还因兴奋的鸟羽激荡，
他们又已埋头在新土主人的工作上。
启东，你中国的新土！
这里没有伤感的乱葬，没有森严的丘墓，
没有废墟，没有寒树。
诗人在这里会发现自己垂着双手的寂寞。
前两代的白骨埋在什么地方？
你去问白发的老丈，
于是他指给你傍着一条条的河边的丛芦，
和沿江沿海圩岸的画图：
记好，他们活着都是开辟新土的大禹！
这里河边需要一年年没有间歇的爬梳，
他们把河底的淤沙用膂力和铁器挖出，
这样一遍遍垫高了棉麦的温床，
巩固了江海的堤防。
终于到了应该休息的辰光，
他们的骸骨用一只罐子收藏，
他们相信他们死后的强项，
还能替后代把无情的风潮抵挡：
所以面对着河、江、海是最好的埋骨处，
不用纪念碑，不用凭吊的嗟吁，
看不出什么，他们悄悄儿在这里安位；
新土的千万大禹英勇的魂魄，
仍然是新土的主人来把新土守护。

烟[1]

一

烟！每当我看见你，
你总要给我许多奇幻的憧憬；
虽然我从没有看到你的生命
每一次能继续得如何地悠永——
你的魔力呵，却使我
悠永地忘不了你给我的憧憬！

二

火灭了！
烟！留着你这纤长的乳白的一缕——
是你这苍老的，瘦弱的一缕哪！

三

我是你唯一的倾倒者呵，烟！
狞恶的残酷的大风摇撼着你，
我总是同情到你飘零的颠连。
我没有鄙视你的脆弱呀：
因为我的身世
正和你一样，一样——
你的最后不也是无言地消逝了吗？！

---

[1] 顾民元. 天光常照浪之花 [M]. 上海：上海人民出版社，2012：33−36.

四

烟在我的近旁圈袅,
我忍不住要用鼻官的享受
来满足我对你的赤热的倾倒;
窒息,窒息
象我才能觉着这窒息是含味的甜蜜呢!

五

乌烟,张开你雄伟的翅膀啊!
虽然你不久也是消逝,
这个张开却能显示出
一些生命的意义呢,乌烟!

六

听说有人将你用作驱逐蚊虫的工具,
听说有人将你用作放散香气的媒介,
我所倾倒着的烟呀!
正因为你也是个物哪!

七

烟,你不会懊悔你的消逝吧?!
贪爱生命的灰烬最后怎样呢?
原来,生命的本体,
便是一个成和亡的游戏哪?

八

尽量地变化你的形相吧，烟！
我并不是鼓舞你的超然，
在形相的变化之中
你会忘却所谓空，所谓梦了！

九

火是烟的母亲，
烟是火的精灵，
往往离开了火的烟呀，
你两种生命力的显现！

我们的歌[①]

我们人间的碎片，
从痛苦的深渊里跃上，
从卑微里看到了严肃，
炼就了铁样的行列，
冲过人间的屠场！
负着意料的创伤，
认真地，
认真地进行解放的工作。
肚皮里再没有空洞，
脑袋里再不会膨胀！

---

① 顾民元. 天光常照浪之花［M］. 上海：上海人民出版社，2012：85—86.

任强盗的嘴开得多大,

从此,再也等不着我们的血汗!

这一次,

我们在凋落的岁月底残烬里,

拨出了无数颗火花,

每一颗火花,

飞速地在成长!成长!

它烧断了痛苦的锁枷,

它毁灭了生活的鞭挞。

我们对过去鄙薄,

对未来渴望!

中途没有妥协,

妥协便是屈服!

让我们在鲜明的反侵略的旗帜下

继续和强盗角逐!

看吧!

战斗的挑衅者,

在迅速的没落和崩溃!

黑暗也在光明的日头下打抖!

胜利在前面不远了,

大地上的伙伴们,

擎起枪支,

一致向强盗实践的呼叱:

给我滚!

苏文

苏文（1912—1950），原名苏允清，又名苏景明，四川蓬溪人。1927年春考入县中读书。1929年加入共产主义青年团，1930年加入共产党并任中共蓬溪县中学党支部组织委员。1931年进入国立四川大学外文系学习并在成都《大声周刊》社工作。1932年离校，先后在回马中心国民小学、蓬溪县中、蓬溪简易师范学校执教。1948年因组织抗议县盐警队无理扣捕学生，被以共产党嫌疑扣捕，被保释。1950年任蓬南征粮剿匪工作队队长，同年3月14日被土匪包围三天两夜被俘，牺牲于蓬南乡马槽沟辉煌庙。

山居即事[1]

步龚君原韵

一

寄迹他乡久，山深谁与亲？
烟云愁墨客，草木感流人。
廿载荣枯事，一朝梦寐身。
寒光何日尽，携手共游春？

二

结舍山林隩，村童笑语亲。
牧歌殊悦耳，朴俗堪娱人。
移志淡荣爵，怀心保贱身。
何时归去早，举酒庆芳春？

初春述怀[2]

步廖君原韵

山中作客几经秋，竟夜松泉伴枕流。
梦断五更门北望，情牵万缕岸南游。
时清未作殷忧客，世乱已成慷慨囚。
忽报春风回大地，狂歌醉饮不知愁。

---

[1] 苏文烈士家人提供。
[2] 苏文烈士家人提供。

寄 友[①]

一

弹铗悲歌三十余,虚名蜗角怎生书;
而今尤羡文山节,傲骨嶙峋仍如初。

二

久未开针景物殊,故人常念意踟蹰;
迩来无有惊人语,赢得冰心买玉壶。

满 江 红[②]

被逼在特字号下服务,不从,有感而作。

午梦醒来,归鸟斜阳成锦画。漫提起重重往事,素心难下,似水年华休记取,黄金万两无凭价。会疑猜加我美名身,红萝帕。闲禁久,庭前跨,山自绿,无多话。恨惊人句少,怨仇增大。且看河山千万里,晨光揭破乌天夜。到如今谁肯放头低,做人嫁?

---

① 苏文烈士家人提供。
② 苏文烈士家人提供。

如梦令[1]

1949年闻和平谈判重开,心喜能早获释,有感作此。

闻说和平重树,挥手江头呼渡,尤恐还乡时,怨我归期迟误。——惊悟,惊悟,仍是南柯旧遇。

---

[1] 苏文烈士家人提供。

艾文宣

艾文宣（1913—1949），又名白哲，四川广安人。1931年加入中国共产党。复旦大学教育系肄业，后转入国立四川大学中国文学系学习。1938年到重庆《新蜀报》报馆工作。"皖南事变"后回广安任《广安民报》编辑。1948年8月参加华蓥山武装起义，变卖全部家产为共产党筹集经费。同年9月28日被捕，关在重庆渣滓洞监狱。1949年11月27日在大屠杀中牺牲。

悼龙光章同志[①]

不要眼泪，

不要人民的慰藉。

记着啊——

中国人还活着，

这血写的账簿，

将是一块历史的丰碑！

死，是永生，

死，并不是战斗之火的熄灭。

让他永不磨灭的忠魂，

在清翠的歌乐山巅，

仰望黎明！

答傅伯雍《入狱偶成》[②]

别妇抛雏不顾家，横眉冷眼对虎牙。

深知牢底坐穿日，全国遍开胜利花。

[①] 中共四川省委党史研究室. 四川革命烈士诗文选析 [M]. 成都：四川人民出版社，2016：377.

[②] 中共四川省委党史研究室. 四川革命烈士诗文选析 [M]. 成都：四川人民出版社，2016：378.

贺狱中难友三十寿辰[①]

劳燕分飞感慨生,从容领导迈群英。
黄杨厄运应何害,丹桂逢秋喜向荣。
福慧双全争美艳,风骚兼备自贻情。
高材似舅钦无忌,明德由来有达人。

---

① 中共四川省委党史研究室. 四川革命烈士诗文选析 [M]. 成都:四川人民出版社,2016:378.

乐以琴

乐以琴（1914-1937），别号一忠，四川芦山人。抗战时期中国空军著名的抗日英雄之一。曾就读于成都华西协合高级中学，1931年考入齐鲁大学生物专业。"九一八"事变后投笔从戎，曾在一次空战中击落日机4架，与高志航、刘粹刚、李桂丹并称为"中国空军四大天王"，有"空中赵子龙""江南大地之钢盔"之美誉。1937年12月3日在南京保卫战中牺牲。

我 的 自 传①

我姓乐名以琴,四川省庐山县人。生于一九一四年十一月二十三日,即民国三年。我的家乡是川西南部一个很小的县,它位于崇山峻岭之中,所以名叫庐山。一年四季的气候非常暖和,交通颇不方便,出产也不丰富,但是足以供给本县人民之用。近年来因川阀内战缘故,农村破产,也影响到我们偏僻的小县里来,税也加重了,苛捐也抬头了。我们家因为比较起来富余一点,所以我们在这几年之内常吃小亏,我父亲为了要教养他的子女,而不得不离开祖上遗产,先人茔墓,而迁成都居住,因此可爱的故乡田园,在一个恐怖的局势下同我们别离了!

当我生后不久,我祖父就去世了。我父亲名伯英,是清朝的武举人,今年已满六十六岁了。他为人忠厚,正直,会离官不做,归家侍亲。寡言笑,喜静肃,继祖业后,持家颇严,每为乡里解众难,主公道,人多敬之。我母亲为人温和,慈善,文学颇好,为邻县大家印同庆之孙女,年幼随我舅等同在家读书,故学识高深。我家内大小诸事,多为我母亲安排指挥,她不但主持家政,且抚育子女,并担任家庭教育之责。

我家为一大家庭,我父亲兄弟三人并未分家,我二叔还生在,我幺叔已去世。我弟兄姊妹共十七人,男十女七,我是男子当中第六个,故又名老六。

我家经济全仗祖上遗产。我自幼至今,皆在校内读书,故对家事一概不知,我只晓得军阀随时都在刮削我们,压迫我们,使我老父母受的气,吃的亏实在不少,想起来不胜痛恨!

当我在小学念书的时候,我同我五哥一班,我们每天同道去上学,学校是父亲自己办的,而我父母却除了开学那天去一次外,一年之中是很难

---

① 乐以琴. 我的自传 [J]. 中国的空军, 1940 (33): 16—18.

见我几次面的。我们在学校里同旁边的小孩儿一样叫、闹、玩皮，但我们从来没有想到学校是我们办的，而就自恃骄横。我父亲一年之内，至少要请全校的同学吃饭，或开聚乐会数次，同样我们也是被请中的一份子，我们在吃饭快乐的时候还不知道是父亲主人，我们是客人，因为我父亲不愿意说出，怕使我们在小时候养成依赖父母的心理和骄傲的态度。我们在学校里同旁人打了架后，我们既不敢回家告诉，又不敢报告教师，每次我们所吃的苦大，回家不单要受责，而且校内的教师也要骂我们，这样，在小时候，我个人就只有靠自己的力量才能战胜一切的敌人或恶环境。

在小时候，我的一切不见得比旁人出众，但我好斗，所以打架的成绩是大有可观的！

星期日，我喜欢同五哥去城外大铁桥去玩。那铁桥是四川稀有的名桥，用粗大的铁链连成的，悬挂两岸，在中间可以动荡，我们在上面跑，用很小的力量，慢慢的荡，时常使那么偌大的一座桥，动荡的，没有一个人敢在上面行走。

后来我们在一位同学的家里玩，看见他们的哥哥在养鱼养兔子，并且他们院子里发现了我家花园内没有见过的鸡冠花，于是我就去同他母亲商量，希望他们能卖一尾金鱼给我们，结果他们在第二天的早上送给我母亲五只可爱的金鱼。此后，我们又设法把兔子鸡冠花都繁殖在我家里了。

九岁那年的暑假，我们几乎每天都在屋后的树林内捉蝴蝶，我和五哥发起了一个"捉蝶会"。我们去通知邻居的小孩，我们有一个奖赏，谁捉到一只奇异的彩蝶，就赏给谁铜枚十枚，因此，七八二弟常常为了捉蝶的事情忙得来，有时候连饭也忘了吃。我们在两个暑假之内，一共得到五百多种不同的蝴蝶。

我父亲每天都起的很早，所以我们也就起得早。满了十岁的孩子，在我家里，是要做点洒扫工作的，我也做过一年多，就到外地念书去了。我父亲等我们早饭之毕后，天天把我们带到客厅里坐下，给我们讲朱柏庐先生治家格言，和历代忠臣孝子的身事，有时，他还讲故乡的情形，与家里过去历史给我们。但他讲了好几年都是这么一套，但我们很爱听，听完父亲每日讲话后才去拿书包上学。母亲更使我不会忘记，每当夕阳西下的时候，我爱在母亲的膝前听讲故事，因此，岳飞传，小时候就在深深印在我的脑里。据说我们都是岳飞的后人，因为秦桧当时缉拿岳家后代很厉害，所以祖先才改为姓乐的。这话我当时就明白是母亲故意说来勉励我们的，不过，我不愿意拆穿，引起母亲的不愉快！

离开故乡，升学到距家七十里外的雅安县里来念书，那时我仍同我的五哥一班，我们很快活，一起完成了高小和初中的学业。

我对我念书感到兴趣，就在这一段过程中，我们的教师很能启发我们活泼的天性，我们开始研究课外的学业。我们常常开论辩会、讨论会、学术讲演会、照像比赛会和打猎等等，而教师们则完全站在顾问和裁判的立场指导我们。那时我们还喜欢请宗教家来给我们讲话哩。因为我们的学校是在城外的一个小山上，所以我们同山里的农民感情很好。

在快毕业的那年，我是被选为学生会中德育部暨体育部部长。我常常很努力的增进全体同学的德育和体育，所以校长是非常喜欢和满意我的。

当我毕业回家的时候，我的心非常难过，不愿离开学校，但我终于回家了。我时常想念起和同学们一道游玩、快乐、恶作剧，和考书时大家竞争分数的情形，真使我怅然。亲爱的同学们是分别了！因为彼此环境的不同，我和五哥继续升学，而我们大半数的同学，他们却在生活的压迫下失了学了。

"丞相祠堂何处寻，锦官城外柏森森。映阶碧草自春色，隔叶黄鹂空好音。"这是杜工部诗中形容成都武侯祠的几句。我在赴省城升学时的道上，看到这宏大的建筑，不期地忆起了这几句诗来。

我在省城内念完了三年高级中学，我当时立志想进大学去念生物系，希望将来成为一个生物学家，好去研究四川和西藏的各种特异奇怪的生物。可是我五哥，他很愿意当一个医生，所以他现在大学里念医科了。

我大哥、二姐、二哥都是医生。五姐、六姐、五哥又在大学里念医科，我父亲心里很快乐的，他说了"他愿意他的儿女们都作医生，去社会救济病人们"。可是，他对于我的志愿，不十分赞成，他常常对我表示失望的样子。

我在中学时的功课，并不坏。但我对于身体的锻炼很出众，运动很好，可是我不愿意在运动场上出风头。我每次代表学校出席竞赛时，我从未有夺过校誉一次。

我曾代表四川省出席全国运动大会。

我开始研究生物是在一个暑假期中，我同姐姐们在峨眉山上避暑，在森林中或山洞中发现了不少奇异的动物，矿石和植物，我就尽量的收集这类材料。当我离山返省时，带了两大箱"生物标本"。这些便成为我最感兴趣的研究对象。

那时候，我姐姐曾给我介绍一个女朋友，但我不常喜欢同她讲话，因为我并不需要她当助手。

白驹一般快的光阴，带去了我童年的欢笑。征尘满面，行色匆匆！我到了济南考入齐鲁大学后，因为人地生疏，于是我只有埋头研究，我大半的时间，都准时在图书馆里的。大哥比我早来济南二年，他是执教于齐鲁大学医科的。记得我到济南的那年，就发生了"九一八"事变。

三岛铁骑，踏遍了我们关外三省，接着敌人攻击的转向，转移到东南一带地区，无情的炮火，毁平了我们繁华的市场。我们那成千成万的同胞，都葬送在倭奴贪妄的欲壑里，伟大而英勇的抗战，虽在历史上留下光辉的一页，但是我们终于屈辱了。

河山变色了，民族快沦亡了，敌人的凶焰像潮水般涌来，我眼看着日寇这样横行，心中的愤恨如烈火燃烧。我不忍看着同胞们被惨杀，我不愿再坐在课堂读书了，我决意从军。为争取民族生存，宁可让我的身和心，永远战斗，战斗，直到最后一息！

我爱我的父母，但我更热爱我的国家，更热爱我全民族！廿一年的冬天，"中央航空学校，招考第二期飞行生"，在报上公布了。那天雪下得很大，我正在实验室里作植物学片子，一位同学跑来告诉我这样一个消息！

他在未等我回答以前，他继续的同我说了很多沉痛的话。他叹息他身体不健康，所以特意来告诉我，很希望我去投考，而我当时却不曾回答他一句，他是福建人，在校中他是我唯一要好的朋友，他姓黄。

晚上我静静地独自在室里暖着，我思量，我计划。白天那位朋友和我谈话的情形，瞬间展开在我的眼前。

"站在民族斗争的最前线去！"

"为什么？"

"为打倒我们民族的仇敌！为保卫我们民族的生存！只有自己手中的武器，最能抵得住来袭的敌人！"

"那么，我应该怎样去做？"

"拿定决心，披着火一般的热诚，抱着钢一般的意志，冲破那旧的迷梦，从我们血和肉所填筑的基础上，复兴我们的民族！"

于是在未睡之前，我下了最大的决心。第二天早上，我去同文理学院院长林济青先生商量，我把我的决心告诉他，终于得到了他的惊叹，和允诺我的保证人。回宿舍来又遇见两位同级的朋友，他们也预备去投考"中央航空学校"。

当天晚上我同我大哥，三哥在车站上分手，我看见我大哥面上的苦笑，知道他心里很难受。但我的三哥他老是很快乐的在鼓励我，他怕我还有恋恋大学生活的心理！

慢慢的火车进入了夜的苍茫中，但在我的表示里开了光明之路。次日中午，我安抵北平，随即去北平大学第三院报名。过了几天又去检考身体和学科。虽不知道结果如何，心里希望"一帆风顺"。

二十二年的春天，中央航空学校的信来了，得知已经取录，不胜欣喜。马上乘车南下杭州复试，结果得到了入学证，便搬赴梅东高桥室军人入伍队去报了到。

录取的同学亦渐渐来多了。直到航空军长亲来点名的时候，我才知道一共是七十五位同学。

我们开始入伍教练，我们的队长石邦藩是"断臂将军"，我还记得他给我们讲话时那沉痛而英勇的神器，我心里十分佩服他，敬仰他。

六个月的入伍训练，深深地给予我们不少陆军知识，虽然不十分完善，但是使我们的精神焕发，我们感到满意和快乐。

入伍期满，升学的消息传来，我们每人心里都感到无限的欢愉。

九月一号的早上，学校 118 号大汽车把我们从梅东高桥搬到校部来。我们在指定地点呆立着，不敢越出一步，恐怕受了长官的斥责。下午六时，军乐扬溢中，旗慢慢从旗杆上放下来，我们大家都立正，让我感到肃穆和庄重，因为从前，我们都不知道这个礼节，其实连看都莫看见过。

最使我忘不了的就是四号那天，太阳刚从地下升起，血红的光彩，射满了飞行场的上空，我们都站在棚厂前面听候美国飞行顾问罗兰的分配，我被分在第十组，我的教官就是现在的驱逐队队长高志航。

当我第一次上飞机去坐下，心中只有说不出来的快乐，想起六个月的入伍生活，豆一般大的汗水从头上流到背心，从背心浸透了军服，赤热的太阳照在身上，地面的灰土又不停地飞扬，但终于达到了今天的志愿，我不经脸上浮出了微笑，预备去受空中的滋味，到底是怎样的？

飞机愈飞愈高，我坐在教官后面，东张西望的乱看，把刚才心中的幻想都忘掉了；我看见西湖小得来只像一个鱼池，钱塘江也不过如一条白布带，一切都使我感觉惊异和新奇。

在我刚飞 Solo 的那天，曾经使教官发过一阵怒，因为教官心里很想我马上就单独。

闽变后，我分配在甘德顾问那一组。经过各场飞行，截至现时止，共飞了一百五十多个钟点。

我还没有发生过大危险的事，只在中级时，有一次起飞不慎，被罚过向"T"字布告立正五分钟，此外，在高级时有一次，飞出了教官指定的范围，罚法过一天禁足，以后就没有再犯法了。

军事学校，绝不如普通学校那么随便，我们在讲堂上的规矩却是很好，精神也很满足。因为学校教育计划规定不发书籍，所以一切课目，都有我们自己笔记起来，单靠脑子都是不成功的。最使我感到不很美满的，就是我们学术科连系不一致。例如：我们飞行尚在 X 级时，而我们的学科，就有教到 X 级的了。也许教官并不感到学生的苦虑，尤其不明白学生是不是高兴在听。当我们飞行到了 X 级时，而我们的学科早已结束。其次的困难问题，就是：工厂里的实习工作，我们每次都是分组去研究的，大概算来都实习完了。我对于兵器实习特感兴趣，很使我惊异的，就是：人类的生命怎样都在谁的掌握之下呢？

到校部来，又是一年，毕业的日子快到，而我们的生活依然是机械化的，军事化的，纪律化的，没有多大变更。

我们从早到晚，一点也没有空过，连理发都得不到一点时间。上午飞行，下午上课，晚间自习，真够受，要是身体不健全一定吃不了的。

星期六我们感到兴趣的就是整理内务比赛。我们大家努力整理，承蒙校长或队长给予好评。

星期日是轮班放假的，轮到了我放假时，我爱和二三同学去爬山或在西湖划船；要是轮不到放假，我就在校里看书或写信，或和同学们谈谈天。

我的个性，我自己却说不出来，但经朋友弟兄父母和同学等的批评，多到以下几点：

1. 我对于观察事物的决断，是迅速的；故从见事方面，我的决断常比别人要快，因此，就显得我的个性很强；所以有人这样批评我。

2. 我平时的行动，言语，从小的地方，确可得出我的个性强。

3. 我待人家有颇重礼节，故有时又觉得谦让温和。总之我的个性有时强，有时温让，但绝对没有傲慢的地方。

4. 我因幼时家庭教育缘故，故至今不染恶嗜好，对运动则极生兴趣。

李惠明

李惠明（1919-1949），在校用名李慧明，四川大邑人。1938年夏加入中国共产党。1943年秋，考入国立四川大学历史系，参与发起组织"女声社"。1947年8月，由中共沙磁区特支领导，在重庆从事学生运动，和张国维是一对"红色恋人"。1948年4月被捕，1949年在重庆"一一·二七"大屠杀中殉难。

中国民族资本的发展（节选）[①]

（一）资本主义何以未降生于中国

资本主义帝国的炮弹尚未向中国人民发射时，中国民族始终没有突破封建社会的限界，跃进到资本主义社会。这发展迟滞的原因，是中国封建制度的特质妨碍着中国产业的革命。第一是中央集权的、官僚主义的封建制度，工商者在政治上毫无地位，稍见发展的产业即以政府名收归官营（如盐铁等），或课以重税（如酒酤等），甚而至于没收工业者产业。政府官僚封工商业者恣意蚕食鲸吞，以供皇宫府衙恣意骄奢淫侈，致生产事业难于扩充改进。第二是土地制度。土地可自由买卖，自战国末年即已开始。地主广大土地都零碎租与小农经营，收取高额地租。其结果，一方面，使握有货币与动产的人，都将其生产转变为土地，不事工商企业资本之扩充；一方面，农民在高额地租榨取下，无力购买日用品，尽量利用自己的余力，以事日用品生产，形成农业与手工业顽强的结合，工场生产受着阻碍。因此，种种中国商业资本与高利贷资本的猖獗行为，终不能成为资本注意的原始积蓄，使资本主义制度在中国土地上降生。

（二）民主资本的诞生

十九世纪中叶，西方资本主义已非常发达。他们的铁船在全世界无微不至的搜索肥润的滋养料。当时中国对于他们，正如霍布逊氏（Hobuson）说，以具有勤勉的劳动力，丰富的智慧与特殊的效能，而又惯着低标准的物质生活的四亿左右的人口，且有富饶的矿物而未开发，制造工业与近代交通机关又感缺如的国度，遂不期而展开了有利搭取得眩惑的希望。所以，自一八四〇年以后，各资本主义国家相继袭来，订立不平等条约，开辟通商口岸，同时把他们的新式交通金融与工业移植到中国来。资本主义

[①] 摘自四川大学图书馆藏国立四川大学毕业论文《中国民族资本的发展》。

的经济学者野郎氏把帝国主义血腥的侵略当作是促使中国资本主义产生的原因。在某此方面，我们不能否认帝国主义的影响，但这决不是帝国主义的愿望。他所要求的是低廉的劳动力与原料、买办与市场。十九世纪末叶灭亡的威胁使中国民族震惊，官僚猛醒，激起了反侵略的潮流才促进民族资本的滋生。

（三）民族资本发展的阻碍

在没落的被帝国主义压迫的封建社会，民族资本发芽滋长，必然受着帝国主义与封建势力的双重阻碍。在欧洲，封建制度被帝国主义的前身资本主义所否定。在日本，资本主义拖着封建的尾巴。在中国，帝国主义、封建势力却结成桎梏民族资本的同盟军，把中国降到半殖民地半封建的社会。

在帝国主义与封建势力的联合掠夺下，包容百分之八十的人口的农村，沉在极度匮乏与落后的惨景中。民族工业，既缺乏优良而充足的原料与广大而健康的市场，又在封建赋税的重负、战乱的侵蚀以及财政资本的竞争等等迫害下，喘息不定。其次是无产阶级的威胁，民族资本唯一有利的条件是农村破产，低廉劳动力有着无限泉源。但自第一次世界大战后，共产主义国家的成立，劳工运动的普遍，中国北伐战争、工农运动的蓬勃开展，资本家的高度榨取亦发生了问题。

民族资本一方面被帝国主义与封建主义所桎梏，一方面又感无产阶级壮大的威胁，已经有半世纪的年岁，还是如此孱弱动摇。

徐达人

徐达人（1919－1948），四川大邑人。1944年秋考入四川大学中文系。在校期间受中共党员李惠明等的影响，1946年夏加入中国民主同盟。1947年春，在大邑和学校同时进行革命活动。1948年夏，在参加中共领导的反蒋武装斗争中不幸被捕，英勇就义。

附识（节选）[①]

余本一农家子，藉诸父兄之劳力得，得以跻足大庠，与士大夫子弟比肩而游，诚足为贫贱者一快。然四年以来，大局动荡不已，同胞苦难万分。余家亦屡陷窘域，余之学业几致中辍。幸而不辍，而时至今日，依然故我。深感数年所学，多属空谈，寸金寸阴殆掷虚北。缘举所知，质之家族亲友，其结果每致汗颜结舌，而无以对为然。往者不及，来日方长，及早自图，未始不为高人所许也。乃敢中国自古有关世道人心之学术，研习讲贯，期以救人自救。得韩非一书，以为富治平之术足为。今日药伤救败，读之经年，或取或舍，缀为韩非思想之分析一编。夫韩非之道，博大闳深，固非粗浅如余者所可深解。然而万尧有之言，百非一是，或有以鉴于将来者，余日望之。若夫通览群书，作中外之古今之通人，成不朽之大作，而有关未来之名教者，实非素心所敢忘望而自以为能者也。

[①] 摘自四川大学图书馆藏国立四川大学毕业论文《韩非思想之分析》。

江竹筠

江竹筠（1920−1949），原名江竹君，四川自贡人。著名的红岩烈士，被誉为"中华儿女革命的典型"。1939年加入中国共产党。1944年，按照党组织的安排，用名江志炜，考入国立四川大学农学院植物病虫害系，次年转入农学院农艺系。1945年，经党组织批准，与时任中共重庆市委第一委员的彭咏梧结婚。1946年4月在华西医院生下儿子彭云，在剖腹产的同时做绝育术。1946年8月因党组织工作需要休学而中断学业。1948年6月14日在万县被捕。1949年11月14日牺牲于重庆歌乐山电台岚垭。

到解放区去[1]

我要到敌后，
到解放区。
我厌恶，
住在腐烂了的城市，
跟着烂下去。
我恨不得，
早点离开
那政客们所玩弄，
就是特务的盯梢，
狞笑和狂吠的这些学校。
烈火，
在地面燃烧；
烈火；
在我心里燃烧呵！
我已经，
决定了
我就要到敌后，
到解放区。
我没有想，
我要躲避
讨厌的环境；

---

[1] 中共四川省委党史研究室. 四川革命烈士诗文选析 [M]. 成都：四川人民出版社，2016：283-284.

到另一个村落，
去看看星星，
白云，
听流水的声音，
赶走现实的丑恶，
暴虐和灾难。
我潜入敌后，
并不是要伴爹娘妻子，
做安分的奴隶。
或者我到解放区，
只是仅仅为了，
去看看新奇的东西；
去采撷由人民，
播了种，
开了花，
在民主的欢笑声中，
收获下来的
幸福的果实。
不，
我去，
是为着
这里有无数痛苦贫穷的农民。
他们张开含泪的眼睛，
伸出求援的手。
这里有无数的市民，
他们窒息在无望之中，
要求着世界来一个改变。

因为他们需要一个新的年头。

在敌后，

在解放区呢！

家 书 三 封

一①

竹安弟：

我下来已经快一月了，职业无着，生活也就不安定，乡下总是闹匪，又不敢去，真闷得难受，何法？由于心情不好，总提不起笔，本来老早就想给你信了。

你现在还好吧，我愿你健康。

四哥，对他不能有任何的幻想了，在他身边的人告诉我，他的确已经死了，而且很惨，"他该会活着吧！"这个唯一的希望也给我毁了，还有甚么想的呢？他是完了，"绝望"了，这惨痛的袭击你们是不会领略得到的，家里死过很多人，甚至我亲爱的母亲，可是都没有今天这样叫人窒息得透不过气来。

可是，竹安弟，你别为我太难过，我知道我该怎么样子的活着，当然人总是人，总不能不为这惨痛的死亡而伤心，我记得不知是谁说过，"活人可以在活人的心里死去，死人可以在活人的心中活着"，你觉得是吗？所以他是活着的，而且永远的（地）在我的心里。

现在我非常忧心云儿，他将是我唯一的孩子，而且已（以）后也不会再有，我想念他，但是我不能把他带在我身边，现在在生活上我不能照顾

---

① 中国青年出版社. 革命烈士书信（汇编本）[M]. 北京：中国青年出版社，2015：365－366.

他，连我自己我都不能照顾，你最近去看过他吧，他还好吧，我希望他健康，要祈祷有灵的话，我真想为他的健康祈祷了，最后我希望你常常告诉我云儿的消息，来信可交：万县广层桥地方法院廖荣震推士转我（江竹）即可。他是我大学同学，感情上还算是一位好朋友，信没有问题他是会给我转来，或者去拿的，东西可不能寄到他这儿来，待以后我有一定的地址后再寄来。

你愿照顾云儿的话，我很感激，我想你会常去看他的，我不希望他要吃好穿好，养成一个骄少年，我只希望你们能照顾他的病痛，最好是不要有病痛，若有就得尽一切力量给他治疗，重庆的医疗是方便的，这就是我不带他到乡下去的原因。

我真想去乡下看看幺姐，也可以混混这无聊的日子，但是又那里那么容易，不过，要下周仍不安定的话，我就一定到幺姐那儿玩几天去，我想该不会有甚么问题吧，不过也不一定去得成，只不过我在这儿想吧（罢）了，就此握别。愿
你好

竹姐
三、十九

二①

竹安弟：

你三月廿四日的信我收到了，谢谢你。信给了我温馨，也给了我鼓励。我把它看了两次，的确我感到非常的愉快。

由于生活不定，心绪也就不安。脑海里常常苦恼着一些不必要的幻想，他是越来越不能忘了，云儿也成了我时刻惦记的对像。我感谢你和其

---

① 中共四川省委党史研究室. 四川革命烈士诗文选析［M］. 成都：四川人民出版社，2016：287-288.

他的朋友，云儿是生龙活虎的，我知道他会这样。在你们的抚育之下，它是会健康而愉快的成长的。可是，我不愿意他过多的耗费你们的金钱和时间。吃得饱、穿得暖足也，可别骄养，但是得特别注意他的病痛，春天来了得严防脑膜炎。

么姐，也成了我不能忘记的人物，可是我能给她一些什么帮助呢？我想去看她，而且很想在春假里去，但是又有多大的好处啊？除了感情上大家得到一些安慰而外，而且我的身子多病，恐怕在路上出毛病，所以去不去都叫我很难决定。要是陈援她们那个托儿所能够组成，么姐能在那儿帮帮忙的话，那是最理想的了。你和朋友们给她一些教育，她就会走上正路的，你说是吗？我知道她会像亲生的孩子一样的爱云儿，就像我对炳忠一样，基于人类的真挚的爱是不能否认的，我尤其相信。更何况她的孩子的父亲也就是我的孩子的父亲呢？是吗！我答应给他们通信，但是我并没有写，我不知道该写些什么？！

四哥死后，家里的情况仍旧很好，但是由于闹匪的原因，家里人都很累很苦。你回家，我恐怕你吃不消，不过我可以问问，要家里人同意而且需要的话，我再告诉你，我想机会有的是。不过，你既然叫么姐来，你又要回家，这怎么好办呢？愿能考虑！考虑！

重庆只有你给我通信，其他的没有，我也不要，因此通信处别给他们。

真的，我走时曾托李表兄来看你，他来过吗？

握别

你好

竹姐

1/4

三①

竹安弟：

　　友人告知我你的近况，我感到非常难受。幺姐及两个孩子给你的负担的确是太重了，尤其是在现在的物价情况下，以你仅有的收入，不知把你拖成甚么个样子。除了伤心而外，就只有恨了……我想你决不会抱怨孩子的爸爸和我吧？苦难的日子快完了，除了这希望的日子快点到来而外，我甚么都不能兑现。安弟！的确太辛苦你了。

　　我有必胜和必活的信心。自入狱日起（去年6月被捕），我就下了两年坐牢的决心。现在时局变化的情况，年底有出牢的可能。蒋王八的来渝固然不是一件好事，但是不管他若何顽固，现在战事已近川边，这是事实。重庆再强也不可能和平、京、穗相比，因此大方的给它三、四月的命运就会完蛋的。我们在牢里也不白坐，我们一直是不断的在学习。希望我俩见面时你更有惊人的进步。这点我们当然及不上外面的朋友。话又得说回来，我们到底还是虎口里的人，生死未定，万一他作破坏到底的孤注一掷，一个炸弹两三百人的看守所就完了。这可能我们估计的确很少，但是并不等于没有。假若不幸的话，云儿就送给你了，盼教以踏着父母之足迹，以建设新中国为志，为共产主义革命事业奋斗到底。

　　孩子们决不要骄养，粗服淡饭足矣。幺姐是否仍在重庆？若在，云儿可以不必送托儿所，可节省一笔费用。你以为如何？就这样吧。愿我们早日见面。握别。愿你们都健康。

竹姐
8月26日

---

① 张天清. 红色家风［M］. 南昌：百花洲文艺出版社，2018：49—50.

毛英才

毛英才（1925—1949），原名毛秀云，四川夹江人，毕业于华西协合大学政史系。1949年6月被国民党反动派秘密逮捕，同年12月7日被杀害于成都，是著名的十二桥36位烈士中最年轻，也是唯一的女烈士。

学习《中国妇女》心得[①]

延安的妇女真是翻了身，政治、经济、生活自由。这里的妇女即使读了书，也是当"花瓶"。延安妇女的今天，就是我们的明天。

历代古镜之研究（节选）[②]

古代器物，为古代文化之结晶，亦即古代文化之具体反映，任历时久，不致遗失（在保存条件下）。当时工艺之独立，及其创造，故研究古代文化，应以古代器物及其文饰为确切材料。然近代利市者，亦常造古镜以欺人。专家研究，除断其时代之先后，犹须鉴定其真伪。

按文化史虽不全因政治史之断代而断代，然其与政治史之关系则甚密切，从政治史或当时之社会风俗，亦可断定器物之时代。

---

① 成都市政协文史学习委员会. 成都文史资料选编：解放战争卷上·黎明前夜［M］. 成都：四川人民出版社，2007：781.
② 摘自四川大学图书馆藏华西协合大学毕业论文《历代古镜之研究》。

缪竞韩

缪竞韩（1926-1949），四川威远人，1946年就读于四川大学法律系。1949年5月参加党的外围组织中国民主青年协会，积极从事进步活动。同年8月8日被捕，和同为四川大学校友的余天觉、田中美、方智炯等同室难友自称为"狱中八仙"。1949年12月7日在成都十二桥英勇牺牲。

家 书 两 封[①]

一

竞威、竞闵、六妹、七妹：

爷写信来说你们随时都在想念我。这是令我多么高兴的呀！因为我也是随时都在想念着你们的。可是我还要读书，不能回家来同你们一起玩，教你们唱歌。我心中非常难过，幸得好，我这里还有你们的像片，在我想着你们的时候，我就把你们的像片翻来看一看。家中不是也有我的像片吗？你们也可以随时去看它，等于见着我一样。

你们在家里好好的读书玩耍，切记不要打架，也不要欺负别人家的孩子。

以后爷写信的时候，你们也可以写信给我，装在爷的信内寄来。

祝你们快乐。

你们的大哥
八、七

二

敬爱的双亲、叔婶：

老实说，以往我的知己朋友除黄香籍、蒋德心、曹月辉外，确实没有，可是这一期却不同了，我的好朋友增加了好几个。我们十来个人相处虽仅二三月，但是我们的感情确实非常好，彼此之间真像同胞兄弟姊妹一样，相互关切，无语不说，有什么困难只要一经提出，一定能得到圆满的

[①] 四川大学档案馆馆藏档案。

解决，我们不但在生活打成一片，在学习方面也是同样的相互关照提携，共同携紧手向前迈进。我们彼此批判个别的缺点，纠正错误的地方，使大家都成为有用的青年。大家坦白、真诚相待，绝无虚伪。……上面所述，已得到事实的证明。譬如：在我们这一群中，有一部分人因为要观光今后社会转变的盛况……，打算留在成都，但是又没地方可住，（当然学校在混乱的时候会一样的混乱）。于是一住本地的同学毅然允诺设法找地方，其他还有因为平时受特务注视的同学，也有同学设法找地方躲避。诸如此类的事情，大家都热心的想办法。我们彼此之间的感情的确太好了。所以关于我没有回家在蓉的生活，安全问题，敬请你们放心。

前一阵听说家乡闹旱灾，今天见《新民报》又说淫雨为灾，我心中非常着急，这个年头真是不得了！

我很想知道家中的情形，及叔婶弟妹的情况，希望能告诉我。我仍住在二宿舍第一号，来示可交上述地点。

敬祝

安好

您们的大孩子韩敬上

七、廿二

林学逋

林学逋（1930−1952），四川乐山人。1949年考入国立四川大学外语系。1950年参加中国人民志愿军，在抗美援朝战争中担任英语翻译。1951年5月突围时摔下山崖，不幸被俘。1952年4月壮烈牺牲。

爱 国 诗[1]

一心抗美当英雄,不幸疆场作楚囚。
身陷虎穴心向党,甘洒热血壮神州。

---

[1] 中国人民政治协商会议乐山市委员会文史资料委员会. 乐山文史选辑：第 3 辑 [Z].
1987：19.

张建华

张建华（1930—1951），四川省成都人。曾就读于华西协合中学附中（今成都华西中学）。1949年12月在重庆参军。1950年参加抗美援朝，写下了多首战地诗，其中《进军号》发表于1951年《解放军文艺》和《解放军歌曲》创刊号，是志愿军中的"小诗人"和"小秀才"。1951年1月4日在汉城外围战中弹牺牲。

进军号[①]

进军号，洪亮的叫，
战斗在朝鲜多荣耀！
看我们的红旗哗啦啦飘，
象太阳在空中照。

进军号，洪亮的叫，
战斗在朝鲜多荣耀！
就是我们吃点苦——

[①] 靳洪. 春天，战士把你呼唤[M]. 北京：解放军文艺出版社，1990：106—107.

会使新生的祖国牢又牢，

不被炸弹炸，

不被大火烧，

我们的父母常欢笑。

进军号，洪亮的叫，

战斗在朝鲜多荣耀！

就是我们流点血——

会使朝鲜邻邦苦难消，

弹坑重新长庄稼，

废墟重新把工厂造，

幸福的鲜花开满道！

进军号，洪亮的叫，

战斗在朝鲜多荣耀！

用我们青春和生命的火，

把战魔烧死在朝鲜半岛。

和平的太阳空中照！

自 题[①]

诗人，走春天的道路。

用蓝墨水写红旗的飞舞，

写群众的力量，

写战士的吼声，

写幸福生活的远景！

---

① 靳洪. 春天，战士把你呼唤 [M]. 北京：解放军文艺出版社，1990：105－106.

诗 五 首[①]

夜过大同江

冰可破皮肉，
但不能伤筋骨；
腿可僵硬，
但杀敌的心不能麻木：
乘胜前进，
岂容敌人片刻歇宿。

突破敌人三八线防线

好一个纵深百里、横断朝鲜、
牢不可破的三八防线，
志愿军仅用二十分钟，
就把它踏个稀巴烂！
美国兵丢了大炮、枪杆，
李伪军甩下热腾腾的牛肉罐！

笑谈麦克阿瑟

南岸火海，北岸火山、
敌机扫射，炸弹连串。
麦克阿瑟暗算：
今天定叫志愿军尸横一片。

---

① 张建华烈士战友提供。

哈,哈,哈,哈!
可惜美国佬的千吨炸弹,
只耽误了志愿军一场睡眠!

捷 报

松林雪花飘,
传来捷报,
战士们沸腾的心啊,
能把冰雪融化掉。
昨天杀人的"英雄",
今天半死半活跪地向我求饶!
这是侵略者的结局,
这是人民的庄严警告。

血绫带

我们要呼吁,
我们要控诉,
美军滔天罪行,
岂能再容宽恕!
玷污朝鲜神圣的领土,
奸淫烧杀朝鲜妇孺,
一个婴儿也难幸免,
血绫带便是敌人的罪证之物!

附 录

杨锐

杨锐（1857-1898），字叔峤，四川绵竹人，清末维新变法"戊戌六君子"之一。毕业于四川大学历史源头之一的尊经书院。1895年参与发起强学会。光绪二十四年（1898年）创立蜀学会。1898年9月5日与谭嗣同、刘光第、林旭等同授四品卿衔，在军机章京上行走，参预新政。政变发生后1898年9月28日被杀害于北京菜市口。

闻倭灭流求[①]

一

天书夕下赉鸡林，万里扶桑望德音。
定粤犬牙原有制，赐秦鹬首竟何心。
神仙已渺秋风客，帝子还飞碧海禽。
头白怀王今系虏，咸阳终日泪沾襟。

二

朝汉台高北斗殷，谁从搓客问瀛环。
人间志士虬髯去，海外孤臣马角还。
职贡百年通上国，衣冠三代失中山。
申胥徒向秦廷哭，虎豹森严卧九关。

闻越南战事[②]

长星曾记出蚩尤，海沸江翻两度秋。
夷舶波涛来鬼国，袄祠风雨变神洲。
越裳贡雉终无望，浪泊飞鸢且漫投。
极目南云何处尽，汉家铜柱在交州。

---

① 唐世政. 红羊悲歌 [M]. 北京：作家出版社，2006：118.
② 傅德岷. 中华诗词鉴赏辞典 [M]. 武汉：湖北辞书出版社，2005：257.

诗两首[①]

一

四朝欵敌过匆匆,荡寇南关第一功;
定越文渊抚未老,筹边诸葛更能工。

二

朱崖议弃人谁倡,白马要盟事竟同;
此日腥膻在门户,金牌真悔易和戎。

粤中怀古[②]

城上遥临百粤空,南天愁绪正无穷。
炎方不断四时雾,涨海常吹千里风。
刘氏朝庭同妇寺,冼家巾帼是英雄。
尉佗旧业如何有,惟见高台笮越中。

[①] 政协德阳市文史资料研究委员会. 德阳市文史资料选辑:第4辑[Z]. 1985:21—22.
[②] 黄雨. 历代名人入粤诗选[M]. 广州:广东人民出版社,1980:460.

刘光第

刘光第（1859—1898），字裴邨，四川富顺人，"戊戌六君子"之一。1880年就读于四川大学历史源头之一的锦江书院。1883年中癸未科殿试二甲第八十八名进士，授刑部候补主事。1898年9月5日与谭嗣同、杨锐、林旭等同授四品卿衔，在军机章京上行走，参预新政。政变发生后的1898年9月28日被杀害于北京菜市口。

上鲍爵帅春霆时方大修第[①]

将星耿耿钟夔岳,时局艰难待枕戈。
臣子伤心在何处?圆明园外野烟多。

梦 中[②]

梦中失惊叫妻子,横海楼船战广州。
五色花旗犹照眼,一灯红穗正垂头。
宗臣有说持边衅,寒女何心泣国仇。
自笑书生最迂阔,壮心飞到海南陬。

远 心[③]

远心无杂迹,随在得真还。
阅世摩孤剑,围书坐万山。
雪天生气出,人海寄身间。
愧少匡时略,梅花且闭关。

---

① 罗承勇. 夔州诗百首赏析 图文典藏本 [M]. 重庆:重庆出版社,2007:120.
② 胡小伟. 中华五千年名诗一万首:下 [M]. 石家庄:河北人民出版社,1995:999.
③ 胡小伟. 中华五千年名诗一万首:下 [M]. 石家庄:河北人民出版社,1995:999.

城 南 行[①]

驱车过城南，草绿波如镜。
御夫指天桥，告余车马竞。
朱门骋豪贵，王侯多绿鬟。
畜眼识名珰，豪奴挟梃刃。
长眉柳叶青，赤面桃花映。
髻上簪瑶绾，腰中佩金印。
彩缯飞飚连，香纶流波迅。
火雷助声焰，沙尘动纷衅。
路有殴死人，可抵蝼蚁命。
将相勒马过，台谏尽阿顺。
余日辇毂下，乃有此暴横！
想见天上人，天心为倾震。
平时不法事，此间犹谨慎。
复言天不容，其败一转瞬。
先皇赫斯怒，降谓诸侯讯。
穴社技已亡，肆朝法终正。
吁嗟劳力徒，粗卤识纲柄。
国朝好家法，祖宗实神圣。

[①] 四川省档案馆，自贡市档案馆，富顺县档案馆. 刘光第手稿及研究 [M]. 成都：四川人民出版社，2015：255.

美 酒 行[①]

美酒乐高会，广筵开曲房。
风雷奋笑谑，山海究珍芳。
欢气之所流，引以日月长。
中有餐霞客，逃席支在床。
嗟余不举酒，天醉形能忘。
去我壁上观，缩我壶中藏。
客言乃何苦，酸凄起肝肠。
众宾正欢笑，岂顾一人怆。
云今东省旱，不下西省荒。
告灾有大府，蹴振来邻疆。
涸鱼久失水，微雨岂苏将。
杀孩养老亲，子妇诚何当。
亦有成童儿，不值两饼偿。
明知非我子，肉颤心已僵。
恩爱彼非人，残忍为故常。
荒年情景多，一一忍得详。
是孰能致之？天意真茫茫。
在乐为苦言，当嗤子不祥。
漆女隐在中，一击纤轸彰。
后堂进高烛，蹑屣来名倡。
主人命射覆，还成赌百觞。

[①] 四川省档案馆，自贡市档案馆，富顺县档案馆. 刘光第手稿及研究 [M]. 成都：四川人民出版社，2015：257.

万 寿 山[1]

绵绵万寿山，园庄枕其麓。
宏规岂虚构，颐和祈天福。
基局盘云霄，原野衣土木。
铁路穿宫门，电灯照岩谷。
百戏陈瑶池，万宝走珍屋。
每蒙王母笑，更携上元祝。
天上多乐方，奇怪盈万族。
维昔经营日，淫潦迷川陆。
海雨吸垂龙，村氓乱浮鹜。
鼋头大如人，出水听众哭。
伟哉乌府彦，涕泣陈忠牍。
膏血为涂丹，皮骨为版筑。
请分将作金，用振灾黎穀。
天容惨不欢，降调未忍逐。
海军且扬威，嬉此明湖曲。
仙人且弄姿，媚此西山绿。

---

[1] 四川省档案馆，自贡市档案馆，富顺县档案馆. 刘光第手稿及研究［M］. 成都：四川人民出版社，2015：259.

彭家珍

彭家珍（1888-1912），字席儒，四川金堂人。1901年就读于四川大学历史源头之一的尊经书院，后转入成都陆军武备学堂，并赴日本士官学校留学，在日本加入了同盟会。1912年1月26日，彭家珍炸死清王朝宗室首领良弼，当场壮烈殉国，被孙中山追赠为"陆军大将军"。

遗同志赵铁桥黄以镛书[①]

铁桥、斗寅兄珍重：

　　谈心把臂，几历星霜。胶漆情投，鲍叔知我。生离犹悲，宁论死别。去矣去矣，来日大难，两兄努力，弟其长此终古也！夫虎穴探子，龙颔求珠，命等鸿毛，身游罪觳。设不幸而荆卿剑击廷柱，子房椎中副车，则伍孚刎颈，景清剥肤，宰割凌迟之惨所不免矣。即或鲸鲵翦戮，蛇豕就诛，卫士必将攫人，重门岂能飞渡？聂政抉眼，锡麟煎心，呼吸危亡，祸至无日。况炸丸猛烈，玉石俱焚，杀我杀人，同归死路。综此三端，弟宁有生还望乎？呜呼！已矣！易水风寒，二兄不必为白衣冠之送矣！山河破碎，大陆将沉，祖逖闻鸡，刘锟击楫，楼船风利，正当努力中原。寄来像片二，异日神州光复，厘整天衢，二兄触目兴怀，当思我辈痛饮黄龙，亦犹有同心合志之故人含笑于九京乎！

绝 命 书[②]

诸同志兄弟姊妹鉴：

　　不佞自入中国同盟会以来，不敢不稍尽责任。惜才力薄弱，未见大效，抱愧奚如。前在东三省，即欲尽个人主义去赵尔巽，然不过对四川一省起见，义稍狭隘，竟未实行，此次各省起义，北方尚未响应，实满奴汉奸势力之下不易着手之故。不佞欲去之久矣，适诸兄弟姊妹正在经营一切，不忍即弃，然奔走北方，迄今两月，大局尚不能定。不佞才薄，愿为

---

　　① 成都市政协文史资料委员会，成都市青白江区政协文史资料委员会，彭大将军专祠管理委员会. 义烈千秋——彭家珍大将军[M]. 成都：成都出版社，1991：14.
　　② 成都市政协文史资料委员会，成都市青白江区政协文史资料委员会，彭大将军专祠管理委员会. 义烈千秋——彭家珍大将军[M]. 成都：成都出版社，1991：15-16.

其易，决计仍行个人主义。初本欲炸资政院各王公，为一网打尽之计。方觅得入场券，而该院适散会，因是不果。袁世凯被炸，同时有主张共和之耗，惟以亲贵反对最力，而其中之重要人物，有军事智识且极阴狠者为良弼。此人不除，共和必难成立，则此后生民涂炭，尚何堪设想乎？呜呼！吾党抱拯救同胞之心肠，计自川鄂起义以来，同胞死者何可胜数。因一二人之执拗，又复兴战，兵连祸结，何时可已？不佞除良弼之心已决，计划已备，只待事机发动。呜呼！或者与诸兄弟姊妹从此永别矣。诸君，诸君，勿悲！勿悲！二十年后又当成一健儿也。共和成，虽死亦荣。共和不成，虽生亦辱。与其生受辱，不如死得荣。不佞去矣！前途艰难，望诸兄弟姊妹和衷共济，努力为之，期达目的而后已。幸勿各起意见，致碍一切。吾人作事，不求有功，只求无过，若诸君欲从获过一方面着手，则非不佞所愿见也。前与诸君商议，不免有过激之谈，望谅之！此皮包内余龙洋二百元，账簿一册，乞交某君为荷。临书仓卒，不尽，即叩劳安！

弟彭家珍顿首
初辰刻

编后记

值此庆祝中国共产党成立一百周年和全党开展党史学习教育之际，按照习近平总书记"把红色资源利用好、把红色传统发扬好、把红色基因传承好"的指示精神，四川大学图书馆组织编写了《正气横空：四川大学革命英烈诗文选》，专门收集曾经在四川大学（含各个历史时期的前身学校）学习和工作的革命先烈们的诗文（包括诗歌、家书和文章等），重点突出和反映他们所凝结的四川大学的红色基因和革命传统。全书按照烈士出生年月的时间顺序编排，并且为每位烈士编写了个人小传。

特别需要说明的是，关于杨锐、刘光第和彭家珍三位作为四川大学历史源头的锦江书院和尊经书院时期的革命志士，因不属于严格意义上的四川大学校友，仅将他们的部分诗文作为附录编次于后。

在编选过程中，编者主要参考了《四川革命烈士诗文选析》《初心 使命 奋斗——巴蜀革命烈士诗文选录》《巴蜀人文天下盛》《四川党史人物传》《革命烈士诗选》《川大英烈》等图书和《四川党史（1982－2001）》等期刊以及其他资料，恕不一一列出，特在此致以诚挚的谢意。由于革命烈士资料较为缺乏，且严格考证较为困难，书中错漏之处在所难免，欢迎广大读者提出宝贵意见。

习近平总书记强调，全党同志要做到学史明理、学史增信、学史崇德、学史力行，学党史、悟思想、办实事、开新局，以昂扬姿态奋力开启全面建设社会主义现代化国家新征程,以优异成绩迎接建党一百周年。谨以此书献给为中华民族无私奉献的革命先烈们,并提供给广大青年学生和社会读者学习,旨在让大家在传诵红色经典的同时,缅怀川大英烈的奋斗人生,学习川大英烈的英勇事迹,争做爱党爱国的时代新人。

编者

2021 年 5 月